Das Bonner Märchenbuch für Kinder

Ursula Frank

Lisa und ihre Freunde der Nacht

Ab 6 Jahre

Impressum

Math. Lempertz GmbH
Hauptstr. 354
53639 Königswinter
Tel.: 02223 / 90 00 36
Fax: 02223 / 90 00 38
info@edition-lempertz.de
www.edition-lempertz.de

Illustrationen: Inge Brandt
Satz und Gestaltung: Tom Frank
Umschlagentwurf: Sarah Kassem, Tom Frank

Druck: Anrop Ltd.
Printed and bound in Israel

ISBN: 978-3-943883-37-4

Inhaltsverzeichnis

Geisterstunde

Langsam wie eine Schnecke schleicht der Mond in dieser Nacht am Himmel entlang. Über der Stadt Bonn bleibt er stehen, schaut missmutig hinunter und gähnt so laut und ungeniert, dass er sich eigentlich schämen müsste.

„Da unten schlafen schon wieder alle, in dieser Stadt ist nachts nichts los“, schimpft er und wirft einen verdrießlichen Blick auf die goldene Turmuhr der Münsterkirche. Noch eine Viertelstunde, dann verkündet die Glocke die Mitternacht, aber das hat er schon so oft gehört, *‚Bim Bam, Bim Bam‘*. Ich spaziere jetzt lieber weiter, hinüber zu den Sieben Bergen, überlegt er sich. Zuallererst hocke ich mich ein Stündchen oben auf den Drachenfels, von dort werfe ich mein Silberlicht über den Rhein, bis er glänzt und glitzert wie eine Riesenschlange. Wenn es mir dann Spaß macht, zähle ich auch noch die Schiffe bis zum Horizont.

Bevor sich der Mond nun abwendet, schweifen seine Augen ein letztes Mal über den Münsterplatz. Da – entdeckt er Lisa, die schlaueste Maus in der ganzen Stadt. An ihrem roten Rucksack erkennt er sie sofort, denn sie flitzt jede Nacht durch die Gassen. Weiß der Kuckuck, was sie immer im Schilde führt.

‚Rums, Rums' verschließt sie gerade das Türchen zu ihrem Mauseloch. Es liegt am Dreieck, versteckt unter dem Brunnen der drei Grazien, die nur nachts tanzen, wenn ihnen niemand zuschaut. Den Schlüssel hängt sie sich an einer Schnur um den Hals, dann saust sie los. Lisa huscht auf den Münsterplatz, ihr Magen knurrt, sie hat einen Bärenhunger. Schon seit Stunden kitzelt der köstliche Duft vom Weihnachtsmarkt in ihrer Nase. Süße gebrannte Mandeln zum Nachtisch wären fein, überlegt sie. Aber womit könnte ich mein Nachtmahl beginnen? Vielleicht mit einem fetten Reibekuchen oder einem Zipfelchen Wurst? Ein Fleischspieß wäre natürlich das Beste, aber zur Not käme auch eine Brezel in Frage, mit einem Stück Käse. Suchend rennt die Maus zwischen den Buden hin und her, das Schnäuzchen gierig schnuppernd auf den Boden gerichtet. Bin ich heute zu spät losgelaufen? fragt sie sich besorgt. Haben die großen Besen schon wieder alles weggefegt?

Immer schneller hasten die Füßchen über die Holpersteine. Endlich hat sie Glück, genau vor dem Postamt, am Fuß einer Laterne, entdeckt sie einen zerknautschten Pappendeckel. Sie öffnet ihn, und ihr Herz hüpft vor Freude. Drei lange Fritten und ein Klecks Mayonnaise, ein Festschmaus für die Maus. Lisa hockt sich auf die Hinterpfötchen und schmatzt vergnügt mit vollen Backen.

Da erwacht die Glocke der Münsterkirche, der schwere Eisenklöppel schüttelt sich. Zwölf Mal schlägt er mit dumpfer Wucht gegen die Glockenwand ‚*Bom-Bom, Bom-Bom...*'

Es ist Mitternacht! Geisterstunde! denkt Lisa, und sieht sich neugierig um. Nur ein einziges Mal möchte ich ein Gespenst sehen, eines, das richtig fliegen kann, am liebsten mit einem langen, weißen Nachthemd und schwarzen Kohleaugen, die gruselig hin und her rollen. Wenn ich dann Angst bekomme, kann ich ja fortlaufen.

Während sie schmatzt und träumt, ist die Glocke im Turm wieder eingeschlafen.

Als es vollkommen still ist, hört die Maus ganz nah etwas, das sie zuvor noch nie gehört hat – ein langgezogenes ‚*Quiiietsch*' und dann ein ‚*Plumps*'. Wie der Blitz ist sie hinter dem gelben Postkasten verschwunden, ihr Herz klopft zum Zerspringen, mit weit aufgerissenen Augen lugt sie um die Ecke. Was ist denn das?

Die Laterne vor der Post hat sich ächzend einen Spalt breit geöffnet, ein längliches Paket ist herausgefallen, aber keines, das

POSTAMT

in Papier gewickelt ist, mit einer Briefmarke darauf und Krickelkrakelschrift. Nein, dieses Paket ist vollkommen anders, es ist nicht verpackt und – es bewegt sich, es ist lebendig, es hat Füße, und – es schnauft wie ein Walross. Wie zu Eis erstarrt, steht das Mäuschen da und erkennt deutlich zwei schwarze, glänzende Schuhe und dazwischen einen Kopf mit einem Hut. Komisch sieht das aus. Mutig trippelt Lisa näher und verdreht ihr Köpfchen, damit sie dem seltsamen Wesen in die Augen sehen kann.
„Wer bist du?“ piepst sie, „du siehst aus wie ein Mensch, aber du bist zusammengeklappt wie ein Taschenmesser.“
Der Mund antwortet nicht, keuchend schnappt er nach Luft. Da stimmt doch etwas nicht, erkennt die schlaue Maus. „Kann ich dir helfen?“ fragt sie mitleidig.
Nur ein Schnaufen und Krächzen kommt als Antwort, und jetzt bemerkt Lisa, dass der Kragen des Hemdes sich vor den Mund des Klappmanns geschoben hat. Ohne zu zögern springt sie auf den Hutrand und packt zu, ihre scharfen, weißen Zähne krallen sich in den Stoff, die Pfötchen reißen und ziehen am Kragen mit aller Kraft. Endlich ist es geschafft, der große Mund ist frei und atmet tief ein und aus.
„Danke, kleine Maus“, japst der Unbekannte, „du hast mich gerettet, jetzt kann ich mich aufpumpen.“

„Aufpumpen? Wie geht das denn? Kann ich das auch?“ fragt Lisa.

Der Fremde lacht und antwortet nicht, er schnaubt und schnaubt und wächst und wächst. Dann richtet er sich plötzlich auf, und vor Lisa steht, zwei Meter groß, der schönste Mann, den sie je gesehen hat. Er trägt eine lange, schwarze Hose, ein leuchtend weißes Hemd und auf dem Kopf einen glänzenden Zylinder mit einem roten Band. Seine freundlichen Augen schauen auf die Maus hinunter. Mit einer Verbeugung zieht er höflich seinen Hut vor ihr.

„Guten Abend, kleine Maus, mein Name ist Gustav, ich bin ein Laternenmann. Es freut mich sehr, deine Bekanntschaft zu machen.“

„Guten Abend, Gustav, ich bin Lisa, ein Bonner Mäuschen, ich esse gerade Fritten, möchtest du auch eine?“ Gustav schüttelt den Kopf. „Nein, danke, Lisa, lass es dir gut schmecken, doch schließe jetzt bitte deine Augen, ich habe etwas sehr Wichtiges zu tun, und ich möchte nicht, dass du es siehst.“

Lisa schließt brav die Augen, aber weil sie so schrecklich neugierig ist, schummelt sie ein bisschen. Sie blinzelt durch ihre Wimpern, und was nun geschieht, verschlägt ihr die Sprache. Gustav trägt an seinem Hemd zwei Knöpfe, rund und dick wie Tennisbälle, einen rabenschwarzen und einen feuerroten. Jetzt drückt er auf den feuerroten – und schon schnellt er wie eine Rakete in die Höhe, bis er fünf Meter groß ist. Lisa fällt vor Schreck auf den Rücken.

„Ein Riese!“ schreit sie, „Gustav, du bist ja ein Riese!“

Schnell legt er seinen Zeigefinger auf den Mund und sieht ihr fest in die Augen. „Schweig, Mäuschen, über alles, was du gesehen hast“, sagt er ernst.

„Großes Ehrenwort, ich werde nichts verraten“, verspricht Lisa und hebt feierlich die rechte Pfote. Da nickt der Laternenmann zufrieden, schwenkt noch einmal seinen Hut und wendet sich ab. Mit Riesenschritten stakst er über den Münsterplatz und verschwindet in der Remigiusstraße. ‚*Klack, Klack, Klack*‘ hallen seine Schritte leiserwerdend durch die Nacht.

Lisa starrt ungläubig auf die geschlossene Laterne. War das ein Spuk? Hat sie geträumt? Oder war das vielleicht - ein Gespenst? Unsicher schaut sie zum Mond hinauf. „Hast du ihn auch gesehen?“ piepst sie zu ihm hinauf.

Der Mond nickt, sein Gesicht strahlt, wie Lisa es noch nie erlebt hat, und er ruft vom Himmel herab: „Ja, Lisa, du hast nicht geträumt, auch ich habe ihn heute zum ersten Mal gesehen, Gustav, den Bonner Laternenmann. Jetzt muss ich mich beeilen, denn das will ich sofort den Sternen erzählen.“

POSTAMT

Mäusezähne

'Trippel Trappel, Trippel Trappel' läuft Lisa in der nächsten Nacht im Kreis um Gustavs Laterne herum, bis ihr schwindelig wird. Aber sie darf nicht stillstehen, sonst frieren die nackten Füßchen zu Eiszapfen, denn es ist bitterkalt, und sie hat schon wieder ihre Filzpantöffelchen im Mauseloch vergessen.

Lisas Augen huschen über den Platz, sie ist allein. Nur der Mond hängt sein gelbes Gesicht heute so tief über den Turm der Münsterkirche, dass Lisa die Uhr mit den goldenen Zeigern nicht sehen kann. Sicher wartet er auch auf Gustav. Wie spät mag es sein?

Da schlägt die Glocke vom Turm. „Mitternacht!“ jubelt die Maus und hüpft vor Freude in die Luft. Sie kauert sich flach auf den Boden, reißt die Augen weit auf, und ihr kleine Herz bubbert vor Aufregung.

‚*Quiiietsch*‘, macht die Laterne, und Gustav fällt heraus. Er schnaubt und schnaubt und wächst und wächst und richtet sich auf. Dann kommt das Beste – der Simsalabimhokuspokuszaubertrick: Sein Zeigefinger drückt auf den roten Knopf und ‚*Zisch*' saust Gustav in die Höhe.

„Du bist der schönste Riese auf der ganzen Welt“, piepst die Maus und klatscht in die Pfoten. Lächelnd verbeugt sich der Laternenmann und wendet sich zum Gehen.

„Gustav, so warte doch bitte einen Moment“, ruft Lisa und trippelt atemlos neben ihm her. „Ich bin immer so allein. Wohin gehst du jetzt? Darf ich vielleicht ein bisschen hinter dir herlaufen?“

Der Laternenmann bleibt stehen. Er hat Mitleid mit der einsamen Maus. Nachdenklich schaut er auf sie herab, bückt sich plötzlich zur Erde und nimmt sie in seine Hände. „Du hast mir das Leben gerettet, Lisa, das werde ich dir nie vergessen. Aber bist du auch kein Plappermaul? Kannst du schweigen wie ein... Fisch?“ Lisa nickt eifrig.

„Wenn ich dich mitnehme“, fährt Gustav fort, „wirst du wunderliche Geschichten erleben, über die du niemals reden darfst.“

„Hab keine Angst, Gustav“, versichert die Maus, „ich kann mir sowieso nichts merken, mein kleiner Kopf ist ein bisschen dumm, vielleicht ist er mit Stroh gefüllt.“

Gespannt sieht sie ihm in die Augen. Wird er ihr das glauben? Der Laternenmann schüttelt ungläubig den Kopf, aber er setzt die Maus tatsächlich auf seine rechte Schulter und marschiert los. Lisa kann ihr Glück kaum fassen. Von hier oben sieht die Welt ganz anders aus, und sie schwankt ein wenig bei jedem Schritt wie ein Schiff, das auf Wellen schaukelt.

‚Klack, Klack, Klack' wandern Gustavs schwarze Schuhe über den Platz. Aber wie staunt die Maus, als sie in die Remigiustraße einbiegen. Von allen Seiten drängen Laternenmänner heran, Riesen, die fast genauso aussehen wie Gustav, aber er hat das liebste Gesicht von allen, und er trägt den höchsten Zylinder, geschmückt mit einem roten Band. Als sie den Marktplatz erreichen, schaut Lisa verwundert auf das alte Rathaus.

Viele Laternenmänner sitzen schon oben auf dem Dach. Andere klettern noch mit ihren langen Armen und Beinen die Wände hinauf. Gustav dreht sich, als wolle er mit Lisa tanzen, dann nimmt er Anlauf und springt auf das Treppengitter vor der Eingangstür. Die Arme zu beiden Seiten ausgestreckt, balanciert er wie ein Seiltänzer im Zirkus und macht einen Salto durch die Luft. Die Maus quietscht vor Vergnügen. Mit einem großen Schritt schwingt er sich auf die Regenrinne und setzt sich rittlings auf die Dachspitze. Da verstummt das Gespräch der Laternenmänner. Alle schauen auf Lisa. Die Maus fühlt sich unbehaglich und kriecht unter Gustavs Kragen, bis nur die Öhrchen noch zu sehen sind. Jetzt erhebt sich ein Laternenmann mit grimmigem Gesicht, sein rechtes Auge ist bedeckt von einer schwarzen Klappe, als sei er ein Pirat. Das andere Auge funkelt böse. Er packt Gustav bei den Schultern und schüttelt

ihn zornig. Gustav lässt Lisa in seiner Hosentasche verschwinden, dann steht er auf und stößt den Mann zurück.
„Was fällt dir ein, diese Maus mitzubringen?" faucht der Böse, „du verstößt gegen das Gesetz der Laternenmänner. Niemand soll uns sehen, kein Mensch und kein Tier."
„Ich will es dir erklären", entgegnet Gustav ruhig.
„Deine Erklärung interessiert mich nicht. Nimm sofort die Maus und wirf sie hinunter auf den Platz, damit sie uns nicht verraten kann!"
„Nein!" entgegnet Gustav. „Ich werde dieser Maus kein Leid antun, bitte hört mir zu, Freunde, ich möchte euch erzählen, wie sie mir das Leben gerettet hat."
„Das will ich nicht hören", empört sich der Böse, „wirf sie auf den Platz oder verschwinde mit ihr aus unserer Stadt."
Jetzt mischen sich andere Laternenmänner in den Streit ein.
„Gustav soll bei uns bleiben."
„Lass ihm doch die Maus."
„Sie piepst doch nur."
„Niemand hört auf sie."
„Sei doch nicht so streng."
Zornig reißt der Böse, den sie alle Krake nennen, Gustav den Zylinder vom Kopf und schleudert ihn in die Tiefe. Das ist das Schlimmste, was einem Laternenmann geschehen kann, denn

ohne Hut kann er nicht zaubern, ohne Hut kann er nicht unsichtbar werden. Krake stürzt sich wieder auf Gustav, beißt ihn sogar in die Schulter und versucht, ihn vom Dach hinabzustoßen. Da hüpft Lisa aus der Hosentasche, flitzt an Gustavs Bein hinunter und springt zum Bösewicht. Ohne nachzudenken schlägt sie ihre spitzen Zähnchen in sein Bein, direkt über dem Schuh. Krake schreit auf und lässt Gustav los. Der taumelt und fällt aufs Dach. Lisa zieht ihn heftig am Hosenbein.

„Hol deinen Zylinder!“ drängt sie, und der große Gustav tut, was die kleine Maus ihm sagt. Er klettert auf den Platz hinunter und holt seinen Zauberhut. Als er wieder nach oben steigt, sitzt Krake mit schmerzverzerrtem Gesicht allein am Ende des Daches. Die anderen Laternenmänner umringen Gustav.

„Wie heißt denn deine Maus?“ fragen sie.

„Sie heißt Lisa, sie ist brav und hilfsbereit, und sie wird uns niemals verraten.“

„Dann haben wir jetzt alle eine kleine Freundin“, sagt einer, „ein Mäuschen mit scharfen Zähnen.“ Da lachen sie und sehen heimlich zu Krake hinüber, und Lisa stellt sich auf ihre Hinterbeine und reckt ihr Köpfchen stolz in die Luft.

Spuk auf dem Marktplatz

Jede Nacht begleitet Lisa ihren Freund Gustav. Sie verkriecht sich nicht mehr ängstlich hinter seinem Kragen, wenn sie auf das Rathaus steigen.

„Hallo, meine Freunde", ruft sie vergnügt und spaziert zutraulich von einem zum anderen, nur um Krake macht sie einen weiten Bogen und wirft ihm höchstens einen scheuen Blick zu.

„Sag, Gustav, wie könnten wir in dieser Nacht den Bonnern eine Freude machen?" fragt Erik, sein bester Freund und rückt neugierig an ihn heran.

Nachdenklich streicht Gustav über sein spitzes Kinn.

„Ich glaube", sagt er schließlich, „ich habe eine Idee. Wie lange haben wir nicht mehr gesungen, Erik, erinnerst du dich an das letzte Mal? Wir waren oben im Wald, im Kottenforst, und unser Gesang war so schön, dass Rehe von allen Seiten aus dem Unterholz traten, auch Hirsche mit mächtigem Geweih, sogar Kitze habe ich gesehen, sie sprangen herbei ohne Furcht mit fragenden Augen, und schließlich wanderten alle hinter uns her, es waren so viele, dass wir sie nicht zählen konnten. Erst als wir die Häuser wieder erreichten, haben sie sich in den Wald zurückgezogen."

„Ja, diese Nacht werde ich nie vergessen", stimmt der Freund zu.

„Warum haben wir noch nie für die Menschen dieser Stadt gesungen?" fragt Gustav. „Wenn uns die Bonner Bürger auch nicht sehen dürfen, so sollten sie uns doch wenigstens einmal hören, damit sie wissen, dass es in ihrer Stadt Laternenmänner gibt." Er klatscht in die Hände und springt auf.

„Hört zu, liebe Freunde", ruft er begeistert in die Runde, „heute Nacht wollen wir es wagen, den Bonnern ein Ständchen zu bringen. Strengt euch also an und singt mit warmer Stimme, damit unser Lied tief in ihre Herzen dringt."

„Ist das nicht gefährlich?" fragt einer, „die Leute könnten böse werden."

„Niemand wird böse, wenn er schöne Musik hört", widerspricht Gustav, „und wir zaubern uns unsichtbar, nichts kann uns geschehen."

„Nichts kann uns geschehen", murmeln alle. Ihnen gefällt der Gedanke, dass ihr Gesang die Menschen vielleicht so glücklich machen wird, wie die Rehe im Kottenforst.

Gustav zählt. „Eins – zwei – drei“, und schon öffnen alle weit ihren Mund, und aus ihren Kehlen schallt das Lied der Laternenmänner so froh und strahlend, dass ihre Stimmen weit über den Marktplatz fliegen und von dort durch alle Straßen und Gassen der Stadt.
Hoch aufgerichtet steht Lisa auf Gustavs Schulter. Das Mäulchen weit aufgerissen, singt sie „La la la la la la la...“, denn die Melodie kennt sie schon lange.
‚Fuchs, du hast die Gans gestohlen‘, hat ihre Mäusemama immer leise gesungen, wenn die kleine Lisa nicht einschlafen wollte.

„Kennt ihr die Laternenmänner?
Nein, die kennt ihr nicht,
nein, die kennt ihr nicht.
So ein langer, dünner Wicht
flieht vor hellem Tageslicht.
So ein langer, dünner Wicht
flieht vor Tageslicht.

Erst um zwölf zur Geisterstunde
dreht in Bonn er seine Runde,
treibt am liebsten Schabernack,
hört ihr leise ‚Klack, Klack, Klack?‘

treibt am liebsten Schabernack,
hört sein ‚Klack, Klack, Klack!

Wollt ihr uns mal kennen lernen,
schleicht euch nachts zu den Laternen,
seht vielleicht den Riesenmann,
der euch hilft und zaubern kann,
seht vielleicht den Riesenmann,
der fein zaubern kann.

Alle sind um 3 Uhr weg,
jeder huscht in sein Versteck,
zieht ganz schnell das Törchen zu
und verschwindet so im Nu.
Niemand hat uns je gesehen.
Niemand kann‘s versteh‘n.“

Kaum schallt das Lied über den Platz, da springen in den Häusern Lichter an. Die Laternenmänner tippen an ihre Zylinder, und sofort sind sie unsichtbar. Nur die kleine Lisa ist noch auf dem Dach zu sehen. Die Männer singen weiter aus Leibeskräften. Da hüpfen die Leute aus ihren Betten und reißen verwundert die

Fenster auf. Ein Konzert mitten in der Nacht? Manche lachen und hören aufmerksam zu, aber viele Strubbelköpfe sind ärgerlich, weil man sie im Schlaf gestört hat.
Laute Rufe hallen von allen Seiten über den Marktplatz.
„Ruhe! Ruhe!"
„Aufhören!"
„Schluss mit dem Lärm!"
„Wir wollen schlafen!"
Alle starren auf das Rathaus. Von dort kommt der Gesang, aber kein Licht dringt aus den Fenstern, auch die Tür scheint fest verschlossen. Mit dem Dach stimmt heute etwas nicht, das ist bald jedem klar, genau dort oben verstecken sich die Sänger. Aber warum ist niemand zu sehen?
Die Vorsichtigen treten vom Fenster zurück, sie wollen nicht an Gespenster glauben und fühlen sich doch unbehaglich. Das Lied beginnt immer wieder von vorn, als wollte es nie wieder aufhören, und immer lauter werden die Proteste.
„Klack, Klack, Klack?"
„Schabernack?"
„Was soll das heißen?"
„Wer sind Sie?"
„Zeigen Sie sich?"

„Schluss mit dem Unfug!“

„Ruhe! Ruhe!“

„Polizei! Polizei!“

Herr Schlaumeier ärgert sich besonders. Er hört etwas und sieht doch nichts, und das darf nicht sein, darum holt er sein großes Fernglas aus der Schublade und richtet es auf das Rathaus. Jedes Fenster nimmt er genau unter die Lupe, dann schaut er auf das Dach.

„Ddddd-da ist doch etwas, da sehe ich etwas, ja – jetzt bewegt es sich.“ Nervös dreht er das Rädchen hin und her und stellt das Bild scharf. Riesengroß sieht er nun Lisa vor sich. Singend reißt sie ihr Mäulchen so weit auf, als wollte sie einen Elefanten ins Bein beißen, und ihr Schwänzchen schlägt den Takt dazu.
„Eine Maus! Eine Maus! Eine singende Maus!“ schreit Herr Schlaumeier. „Da, da“, aufgeregt rudert sein Arm durch die Luft, sein spitzer Zeigefinger wird immer länger.
„Eine Maus! Eine Maus! Eine singende Maus!“ rufen nun auch die aufgebrachten Leute. Schon klingeln bei der Polizei alle Telefone. Auch Herr Schlaumeier wählt die 110.
„Auf dem Rathausdach singt eine Maus, Sie müssen sofort kommen!“ verlangt er. Der Polizist fasst sich an den Kopf.
„Eine Maus? Wollen Sie mich veräppeln? Ich habe genug Mäuse im Keller, die haben noch nie für mich gesungen.“ Zornbebend legt Herr Schlaumeier den Hörer auf, doch plötzlich vernimmt er ein fernes *‚Tatütata, Tatütata‘*. Er stürzt ans Fenster, Polizeiautos kommen mit Blaulicht auf den Marktplatz gebraust, gefolgt von einem roten Feuerwehrauto. Beamte springen aus den Fahrzeugen mit gezückten Pistolen.
Gustav legt den Finger auf den Mund, es wird mucksmäuschenstill. Auch Lisa klappt ihr Schnäuzchen zu. Stumm hocken alle auf dem

Dach und beobachten, was nun geschieht.

Die Polizisten verteilen sich über den ganzen Platz. Gebückt schleichen sie von Haus zu Haus und gucken in alle Eingänge. Bei der Eisdiele, beim Kino und beim Höttche leuchten sie sogar mit Taschenlampen in die Fenster hinein.

„Da doch nicht!"

„Beim Rathaus!"

„Oben auf dem Dach!" rufen die Leute ärgerlich. Die Beamten sammeln sich in der Mitte des Marktplatzes am Brunnen. Der Polizeidirektor richtet seine große Taschenlampe auf das Dach. Alle schauen hinauf – und sehen nichts.

„Wir müssen das Rathaus umstellen", sagt er

„Wozu denn? Da ist doch nichts", murren die Polizisten, die lieber wieder in ihr warmes Bett kriechen möchten.

Der Chef gähnt, er hat auch keine Lust mehr. „Abfahren!" befiehlt er.

Als die Männer in den Uniformen sich anschicken, wieder in ihre Autos zu steigen, beugt sich Herr Schlaumeier fassungslos aus dem Fenster.

Das kann doch wohl nicht wahr sein, denkt er wutentbrannt. Die haben nichts, aber auch gar nichts unternommen und fahren unverrichteter Dinge wieder davon?

„Halt! Hier geblieben, Herr Oberpolizist! Haben Sie denn Ostereier

auf den Augen? Dort oben auf dem Dach sitzt eine singende Maus, das sieht doch jedes Kind."

Jetzt nimmt der Polizeichef endlich sein langes Fernglas zur Hand und nun entdeckt er die kleine Lisa, die vorwitzig aus Gustavs Kragen herausschaut.

„Ich sehe nur den Kopf einer Maus", ruft er zurück, „sie singt aber nicht, ihr Schnäuzchen ist fest geschlossen."

„Holen Sie sofort die Maus vom Dach!" verlangt Herr Schlaumeier eigensinnig.

„Maus vom Dach! Maus vom Dach!" schreien nun alle Leute im Chor und schlagen mit Kochlöffeln auf ihr Fensterbrett. Damit der Mordsradau ein Ende nimmt und die aufgebrachten Bürger endlich Ruhe geben, wird der Befehl erteilt:

„Dach abspritzen! Wasser marsch!"

Die Feuerwehrmänner rollen lange Schläuche aus und richten sie auf das Rathausdach. „Achtung – fertig – los!" ertönt das Kommando.

Eiskalte Wasserfontänen spritzen hoch in die Luft. Es prasselt auf das Dach hernieder. Lisa flüchtet in Gustavs Hosentasche, da ist es warm und gemütlich, aber die unsichtbaren Laternenmänner werden pitschepatschepudelnass, und Lisa hört, wie Gustavs Zähne klappern.

Als die Autos endlich fortgefahren sind, und alle Schlafmützen die Fenster geschlossen haben und wieder unter ihrer Bettdecke schnarchen, krabbelt Lisa auf Gustavs Schulter zurück. Mitleidig betrachtet sie den Freund, der betrübt auf den Markt hinunterschaut.

„Lieber Gustav", flüstert sie, „du darfst nicht traurig sein, weil die Leute so geschimpft haben. Das Lied der Laternenmänner hat ihnen sehr gut gefallen, aber die Menschen konnten nicht sehen, wer da singt, und wenn die Menschen etwas nicht sehen, dann können sie es auch nicht verstehen, und wenn sie etwas nicht verstehen, dann bekommen sie Angst, und wenn sie Angst haben, dann werden sie laut und schimpfen. Hast du das verstanden, Gustav?" Der Riese seufzt. „Ja, Lisa, das habe ich verstanden, du bist eine liebe, schlaue Maus."

Was fliegt da durch die Luft?

Es ist zwei Uhr nachts. Das Schiff ‚Morgenröte' tuckert den Rhein hinunter auf seinem Weg nach Holland. Müde lehnt sich Schiffer Kerkeling gegen sein Steuerrad. Er darf nicht schlafen, denn schon am frühen Morgen muss er im Hafen von Rotterdam sein. Mit halb geschlossenen Augen blinzelt er aus seinem Führerhaus. Gerade will er unter der Konrad-Adenauer-Brücke hindurchfahren, da fliegt etwas durch die Luft. Erschrocken duckt er sich. Eine dicke Kugel saust haarscharf an seinem Fenster vorbei, knallt polternd auf das Deck und rollt ans Ende des Schiffes. Kerkeling stellt den Motor ab, das Schiff steht still. Was war das? Aufmerksam beobachtet er das Ufer und sieht nur Büsche und Bäume zu beiden Seiten. Sein Blick geht zum Himmel hinauf. Vielleicht hat ein Flugzeug etwas verloren oder ein Ufo? überlegt er. Da ich nicht weiß, woher die Kugel stammt, werfe ich sie am besten gleich ins Wasser. Er nähert sich dem seltsamen Ding. Kann es vielleicht explodieren? Kerkeling kniet sich nieder und schiebt sein Gesicht vorsichtig näher heran.

„Es glüht nicht und es zischt nicht“, stellt er fest und wagt sogar, mit dem Zeigefinger dagegen zu tippen. „Nicht heiß und nicht kalt.“ Er kneift die Augen zusammen, ein Verdacht steigt in ihm auf. Diese hellen Streifen ringsherum kommen ihm doch bekannt vor, darum hält er seine Nase an die Kugel und schnuppert. Jetzt muss er über sich selbst lachen, es ist doch klar, vor ihm liegt eine Wassermelone. Aber wo kommt sie her?

Ich fahre nicht weiter, bis ich das herausgefunden habe, beschließt er und löscht alle Lichter an Back- und Steuerbord. Sein Schiff ist nun auf dem dunklen Wasser kaum noch zu sehen.

Kerkeling legt sich auf die Lauer. Plötzlich sieht er sie fliegen. Melonen sausen durch die Luft von einem Ufer zum anderen. Seit wann können Melonen fliegen? fragt er sich verwundert, als ihn eine tiefe Stimme erschreckt.

„Wer nicht weit genug wirft, wer seine Melone in den Rhein plumpsen lässt, der muss zur Strafe einen Mutsprung von der Brücke machen.“

Auf beiden Seiten wird gekichert. Kerkeling erschrickt. Woher kommen diese Stimmen? Hat er es mit Gespenstern zu tun? In dem Moment dringt ein seltsames Geräusch an sein Ohr, und er schielt über den Bootsrand.

„So einen gibt’s doch gar nicht“, murmelt er fassungslos, „so groß ist niemand auf der Erde, das kann nur ein Außerirdischer sein.“ Jetzt ertönt ein Pfiff, und im selben Augenblick tauchen weitere Riesen auf, unzählbar viele, zu beiden Seiten des Rheins. Riesen mit Zylindern, die mit Melonen spielen wie Kinder mit einem Ball. Kerkeling beginnt zu zittern. Riesen sind nicht immer lustig, Riesen können auch böse werden. Mit einer Hand können sie sein schönes Schiff zerquetschen wie eine weiche Kartoffel, und ihn können sie zum Spaß ohne Mühe an die nächste Kirchturmspitze hängen. Wer sollte ihn da wieder herunterholen? Auf keinen Fall dürfen sie ihn sehen, lautlos und starr muss er liegen bleiben und hoffen, dass sie schnell verschwinden. Aber schon nimmt das Unglück seinen Lauf, denn es dauert nicht lange, da fällt die erste Melone mit lautem ‚Platsch' ins Wasser.

„Krake", sagt dieselbe tiefe Stimme, „du hast eine Melone ins Wasser fallen lassen. Jetzt musst du einen Sprung von der Konrad-Adenauer-Brücke wagen und die Melone aus dem Rhein fischen." Alle Riesen schauen zu einem hinüber, der abseits steht. „Los, Krake", wiederholt der Anführer, „du kennst unsere Spielregeln, zöger nicht länger, steig hinauf auf die Brücke!"

Ein Riese mit einer schwarzen Augenklappe macht sich langsam auf den Weg. Sein rechtes Bein zieht er nach, als wenn es krank wäre.

Als er oben auf der Konrad-Adenauer-Brücke steht, hält er sich am Geländer fest und schaukelt unschlüssig hin und her. Er hat Angst.

Das sieht jeder.
„Kannst du schwimmen?“ ruft einer.
Krake gibt keine Antwort.
„Spring nur, wir angeln dich wieder heraus“, lacht ein anderer.
Unruhig sieht Krake nach rechts und nach links, als suche er einen Fluchtweg. Da fällt sein Blick auf das dunkle Schiff, und vorn an der Reling entdeckt sein scharfes Auge den Schiffer, der zitternd vor Angst zu ihm hinaufstarrt.
„Ein Verräter – da vorne auf dem Schiff“, schreit Krake und zeigt auf Kerkeling.
„Er hat uns gesehen, wir müssen ihn zum Schweigen bringen.“
Alle Riesen blicken nun auf das Schiff und beobachten den kleinen Mann, der nun tief gebückt über das Deck läuft und versucht, in den größten Berg schwarzer Kohlen hineinzukriechen. Doch alle Mühe ist vergeblich, so schnell seine Hände auch graben und schaufeln, er schafft es nicht, sich zu verstecken, die Kohlen kullern einfach zur Seite. Rabenschwarz ist der Fischer, schlimmer als ein Schornsteinfeger am Abend. Verzweifelt krümmt er sich zusammen, zieht die Beine dicht an den Körper, presst die Augen zu und schlägt die schwarzen Hände vors Gesicht. Wenn ich nichts sehe, sehen sie mich vielleicht auch nicht, so hofft er und blinzelt durch seine Finger. Aber da kommen sie schon. ‚*Platsch, Platsch, Platsch*‘ nähern sich die Riesen auf langen Stelzen-

beinen. Krake erreicht als Erster das Schiff.

Mit spitzen Fingern hebt er den schmutzigen Kerkeling hoch und lässt ihn verächtlich wieder fallen, dann schaukelt er die ‚Morgenröte' heftig von einer Seite zur anderen, er hat einen bösen Plan. Das Schiff soll untergehen und der Schiffer ertrinken. Schon schwappt Wasser auf das Deck, Kohlen rutschen rauschend in den Fluss.

„Hiiilfe!" schreit der Schiffer in höchster Not. Da packt Gustav Krake an der Schulter und reißt ihn zurück. „Was fällt dir ein? Warum quälst du diesen unschuldigen Mann?" Krake steckt sich beide Daumen in die Ohren und verzieht sich pfeifend ans Ufer.

„Steh auf, Schiffer", sagt Gustav freundlich, „und fürchte dich nicht."

Kerkeling erhebt sich zitternd und sieht zu ihm auf. Der Laternenmann legt ihm eine Hand auf den Kopf, da wird es Kerkeling ganz warm, und seine Angst verschwindet. Er schließt die Augen und hört wie von fern Gustavs Stimme.

„Du fällst jetzt in einen tiefen Schlaf und träumst, bis die Sonne dich weckt. Dann erinnerst du dich nur an das Gute, das dir geschehen ist."

Während er spricht, ergreifen alle Laternenmänner das Schiff und wiegen die ‚Morgenröte' sanft hin und her. Der Schiffer sinkt zu Boden und schläft mit einem Lächeln ein.

MORGENRÖTE

Erst als die Sonne ihm am nächsten Morgen ins Gesicht scheint, erwacht er wieder und denkt an seinen wunderbaren Traum. Riesen haben ihn wie ein Baby in den Schlaf gewiegt. Große Köpfe mit schwarzen Hüten sahen freundlich auf ihn herab, und bei einem saß eine winzige Maus auf der Schulter mit einem knallroten Rucksack. Kerkeling steht auf und schaut sich verwundert um. Sein Schiff liegt im Hafen von Rotterdam. Wie von Zauberhand geführt, hat es allein den weiten Weg hierher gefunden. Er geht zu seiner Kombüse. Da liegt vor der Tür eine dicke, gestreifte Melone. Kerkeling hebt sie auf. „Mmmh, die duftet aber fein", sagt er, „aber wie kommt sie nur auf mein Schiff?"

Traurigkeit und Glück

Es regnet Bindfäden in dieser Nacht. Ein kalter Wind faucht um das Rathaus. Mit langen Gesichtern hocken die Laternenmänner stumm auf dem Dach dicht beieinander. Da hört Lisa plötzlich ein klägliches Wimmern.

„Gustav, was ist das?“ fragt sie erschrocken.

„Ein Kind weint im Schlaf“, antwortet der Riese

„Warum weint das Kind?“

„Kinder weinen, wenn sie traurig sind“, erklärt Gustav.

„Warum sind Kinder traurig?“ will die Maus wissen.

„Ach, Lisa, es gibt 1000 Gründe, um traurig zu sein. Vielleicht sogar 1000 mal 1000.“

„Sooo viele?“ staunt die Maus, „dann zähl sie mal alle auf.“

Der Riese seufzt. „Nein, Lisa, dann sitze ich ja morgen früh noch hier. Nur fünf Beispiele will ich dir verraten, warum Kinder manchmal traurig sind.“

„Gut“, sagt die Maus, „dann leg mal los.“

Gustav zieht die Stirn in Kummerfalten, sein großer Mund, der sonst immer lacht, hängt traurig nach unten, als wolle er auch weinen.

„Kinder sind sehr traurig, wenn ihre Mama mit ihnen laut schimpft."

„Oh je, oh je", piepst die Maus voller Mitleid.

„Kinder sind traurig, wenn andere Kinder sie nicht mitspielen lassen."

„Oh jemine, oh jemine", jammert Lisa.

„Kinder sind traurig, wenn andere Kinder sie hauen und schubsen."

„Aua, aua", schluchzt die Maus.

„Kinder sind traurig, wenn ein Spielzeug zerbricht."

Lisas Augen füllen sich mit Tränen, sie schnieft und presst beide Pfötchen vor ihr Gesicht.

„Kinder sind am allertraurigsten", fährt Gustav fort, „wenn ihr bester Freund nicht mehr ihr Freund sein will."

Das kann die Maus nicht länger ertragen. Sie hält sich beide Öhrchen zu.

„Hör auf, sei still, Gustav!" bettelt sie, „ich mag nicht, wenn Kinder traurig sind, ich mag nicht, wenn Kinder weinen. Bitte, Gustav, geh zu ihnen und mach alles wieder gut."

Der Riese schaut sie überrascht an. „Was sagst du da, kleine Maus? Ich soll alles wieder gut machen?" Lisa nickt eifrig, und Gustavs Gesicht hellt sich auf, seine Augen zwinkern vergnügt, und sein Mund lacht wieder.

„Das ist eine wunderbare Idee“, sagt er, „ich mag auch nicht, wenn Kinder weinen. Jetzt machen wir alles wieder gut.“

Sofort erhebt er sich. „Meine Freunde“, ruft er, „warum sitzen wir hier so trübsinnig und nutzlos auf dem Dach herum? Sind wir denn nur Spaßmacher, wenn der Mond scheint und die Sterne blinken? Spitzt einmal eure Ohren und horcht! Was hört ihr da? Im Haus dort drüben weint ein Kind ganz jämmerlich. In der Sternstraße höre ich Seufzen und Klagen auf beiden Seiten. In allen Straßen und Gassen unserer Stadt gibt es traurige Menschen, die schlecht träumen oder vor Kummer und Schmerzen weinen. Wir Laternenmänner können ihnen helfen. Lasst uns heute Nacht die Traurigkeit verjagen und das Glück herbeizaubern.“

„Die Traurigkeit verjagen und das Glück herbeizaubern?“ wiederholen sie überrascht. „Das klingt gut, Gustav, aber wie soll das gehen?“

„Es ist sehr einfach. Ihr schleicht von Haus zu Haus und schaut in jedes Fenster hinein. Wo jemand weint, da sitzt die Traurigkeit in der Ecke, sie versteckt sich unter schwarzen Tüchern. Blast eure Backen dick auf und pustet sie einfach fort. Dann nehmt eine Hand voll Glück aus eurem Zauberhut und lasst das Glück ins Zimmer fliegen. Wenn es nach Maiglöckchen duftet, dann ist der Trick gelungen.“

Begeistert klatschen die Laternenmänner in die Hände. In Windeseile springen und klettern sie vom Rathausdach herunter und verteilen sich in der ganzen Stadt. Man hört sie aufgeregt miteinander flüstern:

„Wir müssen uns bücken, wir müssen uns recken,
um weinende Schläfer im Bett zu entdecken.
Und ist mal ein Fenster hoch oben im Turm,
wir klettern hinauf trotz Regen und Sturm.
Dann leuchtet am Hut ein grünes Licht,
glückliche Kinder sehen es nicht.
Doch wer traurig ist, der erwacht sofort.
Wer steht dort am Fenster und sagt kein Wort?
Das Kind steht auf und tritt heran.
‚Was willst du, fremder Riesenmann?'
‚Ich bringe dir Glück, ich mache dich froh,
deine Traurigkeit puste ich fort wie Stroh.'
Da freut sich das Kind und reicht uns die Hand,
und wir Riesen verschwinden unerkannt.
Das Kind aber denkt, als es morgens erwacht:
Wie schön war mein Traum in dieser Nacht."

Die Laternenmänner zaubern so viel Glück aus ihren Zylindern, dass bald die ganze Stadt nach Maiglöckchen duftet. Wer vom Schlaf

erwacht und neugierig ans Fenster tritt, der kann das Glück sogar sehen. Wie eine zarte, weiße Wolke fliegt es durch die Luft.

Ein zorniger Mann

Seit fünf Minuten wartet Lisa vergeblich auf Gustav. Zum ersten Mal ist er unpünktlich. Sie kratzt an seiner Laterne und ruft seinen Namen.

„Gustav, die Glocke hat zwölf geschlagen, wo bleibst du denn? Bist du krank? Kommst du heute nicht?"

Sie presst ihr Ohr an das kalte Metall der Laterne und lauscht.

„Ich habe Husten, kleine Freundin", krächzt Gustav, „und ich bin müde im Kopf. Gedulde dich noch ein paar Minuten."

„Armer Gustav", sagt Lisa bekümmert, „ich warte auf dich."

Die Maus schaut in den nachtblauen Himmel hinauf und beginnt, die Sterne zu zählen. Bei 39 hört sie auf, sie hat vergessen, wie die nächste Zahl heißt.

„Hallo, Mond", begrüßt sie stattdessen das stumme, gelbe Gesicht, das genau auf den Münsterplatz hinunterschaut. „Wartest du auch auf Gustav? Der Riese ist krank. Hättest du das gedacht, auch einen Laternenmann kann der Husten plagen." Gespannt wartet sie auf eine Antwort. Es sieht zwar aus, als verzöge der Mond bedauernd sein Gesicht, aber er schweigt.

Manchmal ist er schlecht gelaunt, dann ist es unter seiner Würde, mit einer Maus zu reden. Während Lisa ihn noch beobachtet, hört sie plötzlich Stöhnen und lautes Schimpfen. Sie wirbelt herum. Oh Schreck! Ist da jemand? Wer denn? Wo denn? Was denn? Der Münsterplatz ist leer, und doch poltert da eine aufgebrachte Stimme.

„Ich stehe hier nicht länger dumm herum! Ich habe Besseres zu tun." Vorsichtig trippelt Lisa zum Beethovendenkmal. Versteckt sich dort ein Bösewicht?

Wie angewurzelt bleibt sie stehen, jetzt sieht sie, wer da schimpft. Ja, gibt's denn so etwas? Der eiserne Beethoven ist aufgewacht. Zornig schüttelt er seinen Kopf und rudert wild mit den Armen. Lisa starrt ihn mit offenem Mäulchen an. Seit so vielen Jahren steht er dort oben. Noch nie hat er einen Mucks von sich gegeben. Noch nie hat er sich auch nur einen Millimeter von der Stelle gerührt. Aber jetzt ist er wach und wütend. Nun bückt er sich sogar, packt sein rechtes Bein mit beiden Händen und zieht und zerrt mit aller Kraft, aber der Fuß bleibt fest am Sockel kleben.

„Zum Donnerwetter nochmal, ich schaffe es nicht! Warum hilft mir denn niemand?" ruft er verzweifelt.

„Ich kann dir helfen", piepst Lisa, so laut sie kann. Überrascht hält Beethoven inne, er entdeckt die sprechende Maus, stemmt die Hände in die Seiten und beugt sich zu ihr herab.

„Duuu willst mir helfen? Duuu? Ausgerechnet duuu? Soll das ein Witz sein?“ fragt er ungläubig, fast ärgerlich. Lisa schüttelt den Kopf.

„Ich habe einen starken Freund, der zaubern kann.“

„Das klingt gut, kleine Maus, einen Zauberer kann ich gebrauchen, also hol ihn schnell herbei.“

„Du musst noch warten, er hat heute Husten und ist müde im Kopf“, erklärt ihm Lisa.

„Das klingt schlecht, kleine Maus, hoffentlich ist er nicht auch müde in den Armen“, meint Beethoven und verzieht enttäuscht das Gesicht. Genau in diesem Moment quietscht die Laterne, und Lisa saust davon. Sie weiß, was nun geschieht: *Plumps*, *Schnauf* und *Simsalabim*. Schon steht Gustav vor ihr, und er sieht aus wie immer, stellt sie erleichtert fest.

„Gustav...Gu...Gu...Gu...Gustav“, sie verhaspelt sich, ihre kleine Pfote weist aufgeregt zum Denkmal hinüber. „Komm schnell, du musst Beethoven helfen.“ Gustav versteht sie nicht. Was ist los mit der Maus? Sie ist schon wieder auf und davon, und er folgt ihr mit langen

Schritten. Vor dem Denkmal stehend, kann er kaum glauben, was er da sieht. Beethoven ist lebendig und versucht die Schraube an seinem rechten Fuß zu lockern. Das will ihm aber nicht gelingen, darum richtet er sich auf und wischt sich mit dem Ärmel den Schweiß von der Stirn. Da entdeckt er Gustav und streckt dem Riesen erleichtert beide Arme entgegen.

„Großer, starker Zauberer", sagt er, „du siehst, ich bin nach langer Zeit wieder einmal aufgewacht, nun hilf mir bitte, von diesem hohen Sockel herunter zu steigen."

Gustav tritt ein wenig zurück, legt die Hände auf den Rücken und wiegt bedenklich seinen Kopf.

„Lieber Herr Beethoven, es tut mir unendlich leid, aber ein Denkmal darf nicht weglaufen, ich kann leider nichts für Sie tun."

Beethoven lässt beide Arme sinken, sein Kopf fällt auf die Brust.

Lisa kann nicht glauben, dass Gustav so ein hartes Herz hat. Sieht er denn nicht, wie traurig Beethoven ist? Energisch zieht sie an seinem Hosenbein.

„Gustav, du willst doch auch nicht immer nur in deiner Laterne schlafen, um zwölf Uhr kribbelt es in deinen Beinen, und das ist bei Beethoven genauso, wenn er einmal wach wird, und du weißt, wie selten das passiert."

Der Riese gibt einen tiefen Seufzer von sich, streicht über sein Kinn und weiß nicht, wie er sich entscheiden soll. Darf er der Maus nachgeben und Beethoven helfen oder soll er sich abwenden, zum Rathaus gehen und hoffen, dass Beethoven bald wieder einschläft?

„Hab Mitleid mit ihm“, bettelt die Maus, „gib deinem Herzen einen Ruck und dreh die dummen Schrauben endlich auf! Beethoven will doch nur ein bisschen spazieren gehen, sich die Füße vertreten, weil sie taub geworden sind vom langen Stillstehen. Dann kommt er wieder zurück und klettert auf seinen Sockel.“

Zögernd beugt Gustav sich vor, die Maus hält den Atem an. Jetzt löst er tatsächlich die Schrauben an Beethovens Füßen, er dreht und dreht und dreht, immer höher wachsen sie aus den Schuhen heraus, und Lisa staunt, wie lang sie sind. Gustav lässt sie in seine Hosentasche gleiten. Dann packt er Beethoven unter den Armen, hebt ihn vom Sockel herunter, als wäre er leicht wie eine Feder, und stellt ihn mitten auf den Münsterplatz.

„Puh!“ schnauft Beethoven erleichtert, „hab Dank, starker Riese, das werde ich dir nie vergessen.“ Er dehnt und streckt sich, hüpft ein paar Mal auf der Stelle, schwingt die Arme kreisend durch die Luft und stößt „Juchhu!“ einen Freudenschrei aus. Doch plötzlich rennt er los und verschwindet auf blitzschnellen Beinen in der Remigiusstraße.

„Was hat das nun zu bedeuten? Warum sagt er uns nicht, wohin er läuft?“ ruft Gustav, und seine Stimme klingt ärgerlich. Sofort nimmt er die Verfolgung auf. Auch Lisa weiß nicht, was sie davon halten soll. Sie steht auf seiner Schulter, hält sich mit beiden Pfoten an Gustavs rechtem Ohr fest und streckt den Kopf weit nach vorn. Nicht eine Sekunde lässt sie den Flüchtenden aus den Augen. Beethoven eilt vor ihnen her, springt übermütig in die Luft, seine Locken fliegen, sein schwarzer Mantel flattert im Wind.

„Er läuft uns fort!“ ruft Gustav erzürnt. „Will er nach Köln? Das darf er nicht, er muss bei uns in Bonn bleiben.“ Tief bückt er sich, seine große Hand versucht, Beethoven wieder einzufangen, aber der weicht dem Verfolger geschickt aus, rennt kreuz und quer, schlägt Haken wie ein Hase. So jagt er über den Marktplatz und biegt in die Bonngasse ein. Da geht der schlauen Maus ein Licht auf.

„Lass ihn laufen, Gustav“, ruft sie, „jetzt weiß ich, was er vorhat, Beethoven will nach Hause.“ Überrascht bleibt der Riese stehen.

„Bist du dir sicher, kleine Maus?“

„Ganz sicher“, beteuert Lisa, „komm, wir schleichen ihm auf Zehenspitzen nach.“ Gustav zieht seine Schuhe aus und drückt sich

BEETHOVENS

in den Schatten der Häuser, während sie heimlich dem berühmten Musiker folgen. Tatsächlich bleibt dieser vor dem Beethovenhaus stehen, rüttelt heftig an der Tür und drückt gegen die Fenster, doch alles ist fest verschlossen. Beethoven greift sich an die Stirn, die Maus sieht, wie angestrengt er nachdenkt. Am gegenüberliegenden Haus, das gerade frisch gestrichen wird, entdeckt er eine hohe Leiter. Ächzend schleppt er sie nun herbei, lehnt sie gegen sein Haus, klettert behände hinauf, und schon ist er in einer offenen Dachluke verschwunden.

Nur eine Minute vergeht, da öffnen sich alle Fenster des Hauses wie von Zauberhand. Eine wunderbare Musik dringt heraus. Leichte Töne schweben tanzend durch die Luft, schwere Töne rollen durch die Gassen mit Donnergetöse. Beethoven spielt Klavier. Niemals hat die Maus etwas Schöneres gehört. Sie lauscht und lauscht, bis ihr die Augen zufallen und Gustav sie still nach Hause trägt.

Am Brunnen der drei Grazien kniet sich der Riese vor das Mauseloch, öffnet die winzige Tür mit Lisas Schlüssel und schiebt das schlafende Mäuschen in den dunklen Gang hinein. Dann begibt er sich zu seiner Laterne und drückt den schwarzen Knopf an seinem weißen Hemd. ‚*Pfffffffff*‘ zischt es leise, als alle Luft aus ihm herausfährt, und im Nu ist er dünn und klein. „Klapp!“ sagt er zufrieden, faltet sich zusammen und schiebt den Kopf zwischen die Beine. Mit kleinen Schritten stapft er in seine Laterne und zieht das quietschende Türchen hinter sich zu.

Wo ist Beethoven?

Lisa schläft und träumt bis in den nächsten Mittag hinein. Als sie wach wird, denkt sie sofort an Beethoven. Hoffentlich hat er in der Nacht nach seinem schönen Konzert die offenen Fenster in seinem Haus wieder richtig zugeschlossen, damit keine Räuber einsteigen und sein Klavier stehlen. Hoffentlich hat er auch die Leiter wieder ordentlich an ihren Platz zurückgetragen. Hoffentlich - und das ist Lisas größte Sorge – ist er zum Schluss nicht nach Köln gelaufen, sondern, wie versprochen, zum Münsterplatz zurückspaziert und auf seinen Sockel geklettert, damit niemand merkt, dass er in der Nacht durch die Straßen gehüpft ist.

Mit verschmitztem Lächeln öffnet Lisa ihren Rucksack und zieht ein schmales Päckchen heraus. Am Mittwoch hat sie zwischen Tischen und Stühlen der Bäckerei auf dem Münsterplatz etwas Feines gefunden, in buntes Papier verpackt wie ein Geschenk, mit einem glitzernden Band, das sich rollt wie eine Locke. Behutsam faltet sie das schöne Papier auseinander, und vor ihr liegt eine kleine Armbanduhr mit grünem Band. Lisa nimmt sie in ihre Pfötchen, studiert das Zifferblatt mit den zwölf Zahlen und beobachtet, wie die beiden Zeiger im Kreis herumwandern. Sie muss noch lernen, die Uhr richtig zu lesen, aber eines weiß sie: Wenn der große und der kleine Zeiger zusammen auf der Zwölf stehen, als wollten sie sich umarmen wie gute Freunde, dann ist es zwölf Uhr, das nennt man Mitternacht, und dann kommt Gustav.

Endlich ist es so weit, Lisa schiebt die Uhr in den Rucksack, verlässt ihre Mäusewohnung und springt zum Denkmal hinüber. Da steht er ja, der Herr Beethoven, wie seit Jahr und Tag.
„Guten Abend, lieber Beethoven“, begrüßt sie ihn überschwänglich, „ich bin so froh, dass du wieder da bist. Ich wusste ja gar nicht, dass du so wunderbar Klavier spielen kannst, deine Musik hat mir ausgezeichnet gefallen.“
Beethoven sieht streng auf die Maus herab. „Warum bist du eingeschlafen“.
Lisa bekommt rote Ohren. „Äh...äh, wie soll ich das erklären? Irgendwann waren meine kleinen Ohren voll mit den vielen Tönen, da passte nichts mehr hinein.“ Bevor sie erkennen kann, ob Beethoven mit dieser Antwort zufrieden ist, bricht urplötzlich ein Unwetter los, es donnert und kracht, ein stürmischer Regenschauer ergießt sich über den Platz. Beide stehen da, der Mann und die Maus, und rühren sich nicht. Nach wenigen Minuten treibt der Wind die Wolken wieder fort.
„Jetzt hat es uns beide aber böse erwischt“, sagt Beethoven und zwinkert der triefenden Maus zu, „du siehst aus wie frisch gebadet, Lisa, und sieh nur, meine Locken kleben im Nacken wie ein Schwamm, und mein weiter Mantel ist nur noch ein nasser Lappen. So mag ich hier nicht stehen, ich verschwinde jetzt und komme erst wieder, wenn ich trocken bin.“ Bevor Lisa protestieren kann, landet Beethoven

mit einem Sprung im Blumenbeet und macht sich auf den Weg zum Kaiserplatz.
„Aber Beethoven, ein Denkmal darf nicht...“, ruft Lisa zaghaft hinter ihm her.
„Ja ja, ich weiß, kleine Maus, ein Denkmal darf nicht weglaufen, ich komme auch bestimmt wieder, ich gebe dir mein großes Ehrenwort.“
Er hebt seine rechte Hand und verschwindet hinter der Kirche.
Nun schlägt es zwölf, und Gustav erscheint, aber die Maus kann das Schauspiel heute nicht genießen. Was wird er sagen, wenn er den verlassenen Sockel sieht? Tatsächlich geht sein erster Blick zum Denkmal hinüber, und sein Gesicht verfinstert sich. „Wo ist er?“ fragt er in ernstem Ton.
„Er kommt gleich wieder, Gustav, eben war er noch da, glaub mir, ich habe ihn mit meinen eigenen Augen gesehen und sogar mit ihm gesprochen, bis das schlimme Gewitter kam. Danach war kein trockener Faden mehr an ihm. Darum ist er fortgelaufen an einen Ort, wo ihn niemand sieht.“ „Das gefällt mir nicht“, sagt Gustav, „Beethoven kann nicht einfach weglaufen, wenn er Lust dazu hat. Bei der nächsten Gelegenheit werde ich seine Schuhe wieder fest anschrauben.“
„Tu das nicht“, bettelt die Maus, „er hat geschworen, dass er wiederkommt.“
„Wohin wollte er heute laufen?“

„Das hat er nicht gesagt."

„Siehst du, Lisa, diese Geheimniskrämerei mag ich nicht, und ich fürchte, Beethoven will überhaupt nicht mehr auf dem Münsterplatz stehen."

„Doch, Gustav, er steht gerne dort oben, da sieht er doch alles, was in der Stadt passiert", beschwichtigt ihn die Maus, „aber nachts, wenn alle Bonner schlafen, dann langweilt er sich eben, dann springt er in die Blumen und verschwindet für ein Stündchen. Kannst du das nicht verstehen?"

„Ich muss mit ihm reden", erklärt Gustav bestimmt, „darum werden wir ihn jetzt sofort suchen." Schweigend begeben sie sich zum Rathaus.

„Steigt schnell vom Dach herab", bittet Gustav die Laternenmänner, „wir müssen Beethoven suchen, er hat sich aus dem Staub gemacht, sein Sockel ist leer."

„Ja, gibt's denn so etwas?" ruft Erik verwundert, „ich dachte, er wäre mit Uhu fest geklebt."

„Und ich habe geglaubt, er wäre gar nicht lebendig", kichert kopfschüttelnd ein anderer, „wie konnte ich nur so dumm sein."

Die Riesen bestürmen Gustav mit vielen Fragen.

„Wann hast du ihn zuletzt gesehen?"

„Warum hast du ihn nicht festgehalten?"

„Vielleicht ist er nur in Urlaub gefahren."
„Haben Räuber ihn entführt?"
„Ruhe! Ruhe!" ruft Gustav beschwichtigend, „so kommen wir nicht weiter, wenn alle durcheinander reden. Beethoven wird nachts manchmal wach, aber wir Bonner Laternenmänner können nicht dulden, dass er kommt und geht, wie es ihm passt. Ich muss ein ernstes Wort mit ihm reden."
Mit Feuereifer stürzen alle davon, den Ausreißer zu suchen. Jeder möchte der Glückliche sein, der den berühmtesten Bürger von Bonn findet. Sie knipsen ihre magischen, grünen Lampen an, und schon öffnen sich alle Fenster, und jede Wand wird durchsichtig wie Glas. Auf die höchsten Dächer steigen sie und klettern in haushohe Bäume. Doch es ist wie verhext, nicht die kleinste Spur verrät Beethovens Versteck. Nach einer Stunde treffen sich alle am Marktbrunnen. Enttäuschung steht in ihren müden Gesichtern. Auch Gustav ist ratlos. Wo ist Beethoven? Wo sollen sie ihn noch suchen?
„Vielleicht ist er im Park bei den Teichen mit den dicken Gänsen", piepst die Maus.
„Du meinst die Rheinaue?" fragt Gustav überrascht, „ja, Lisa, das ist wieder einmal eine schlaue Idee von dir. Kommt, Freunde, wir wollen dort noch einmal unser Glück versuchen."

Wer lacht denn da?

Lisa balanciert auf Gustavs Schulter, sie zerrt ihren roten Rucksack vom Rücken, öffnet ihn und zieht stolz ihre grüne Uhr hervor. „Zwei Uhr“, ruft sie, „so spät ist es schon, beeilt euch, ihr Riesen, ihr habt nur noch eine Stunde Zeit, Beethoven zu finden.“

Gustav beginnt zu laufen, und die Freunde folgen ihm nach. Bald haben sie den Rheinpavillon erreicht und bestaunen die Sieben Berge in der Ferne und die bunten Blumenbeete zu ihren Füßen. Erik lässt sich einen steilen Hang hinunterrollen wie ein kleiner Junge, dabei verliert er seinen Hut, und die Maus hält sich den Bauch vor Lachen.

„Wir sind nicht zum Vergnügen hier“, tadelt Gustav, „jeder von euch geht nun in eine andere Richtung. Bückt euch und streckt euch und spitzt vor allem eure Ohren, vielleicht summt Beethoven eine Melodie, das könnte ihn verraten. Wer ihn gefunden hat, nimmt ihn freundlich, aber fest an die Hand. Sprecht höflich mit ihm und sagt: ‚Gustav kommt bald.‘ Das wird ihn besänftigen, denn er vertraut mir. Dann pfeift ihr auf zwei Fingern, und ich bin sofort zur Stelle.“

Unverzüglich durchqueren die Riesen den Park mit großen Schritten, sie schütteln die Bäume, ihre Hände durchsuchen jedes Ge-

büsch, und immer wieder bleiben sie lauschend stehen.
„Ich verlasse mich auf dich, kleine Maus“, sagt Gustav, als sie allein sind, „du musst ihn finden, denn ich bin so müde, dass ich meine Augen kaum noch aufhalten kann.“
Lisa antwortet mit heiserem Krächzen. Es verschlägt ihr die Sprache. Sie soll den Ausreißer suchen wie ein richtiger Polizist. Das traut der große Gustav seiner kleinen Maus zu.
Mit durchgestreckten, steifen Beinen, die Hinterpfötchen fest in Gustavs Hemd verkrallt, steht sie hoch aufgerichtet auf seiner Schulter, während der Riese voranschreitet. Ihr Kopf dreht sich hin und her, die weit aufgerissenen Augen nehmen jede Bewegung wahr, selbst ein Blatt, das sich im Wind wiegt, entgeht ihr nicht.
„Halt!“ flüstert sie plötzlich und kneift Gustav ins Ohr, „da vorne hängt etwas Schwarzes im Baum.“ Der Riese versteckt sich hinter einem Busch, dann richtet er sich auf, stellt sich auf die Zehenspitzen und sieht angestrengt hinüber.
„Du hast Recht, da hängt etwas Schwarzes.“
„Das ist Beethovens Mantel“, flüstert die Maus, „er hat ihn zum Trocknen ausgebreitet, daneben sehe ich sein weißes Hemd, auch ein Unterhemd und eine Unterhose und ein schwarzes Beinkleid, sogar die Strümpfe, und am Boden stehen seine Schuhe.“
Lisa presst ihr rechtes Pfötchen an die Stirn, ihr kleiner Kopf muss

gerade ein großes Problem lösen. „Gu...Gu...Gustav", stottert sie und wagt kaum auszusprechen, was sie denkt, „wenn Beethoven seine schönen Kleider alle in den Baum gehängt hat, dann...dann..."

„Ja, ja, Mäuschen", Gustav nickt verständnisvoll, „ich weiß genau, was du sagen willst, dann dürfen wir keinen Schritt weitergehen, sonst wird er sich vor uns schämen."

„Ich kneife meine Augen fest zu", verspricht die Maus, „du darfst ruhig gucken, du musst ja mit ihm reden."

Lisa schließt die Augen, ohne zu schummeln, sie spürt, wie Gustav weitergeht und nach wenigen Schritten stehen bleibt.

„Guten Abend, Herr Beethoven, wie schön, dass ich Sie hier antreffe, ich hoffe, es geht Ihnen gut", begrüßt ihn der Laternenmann mit Respekt und zieht seinen Hut. „Mir geht es ausgezeichnet, Gustav, dieser Sessel ist höchst bequem, und die Aussicht auf die Sieben Berge könnte prächtiger nicht sein." Er streckt den Arm zum Baum und tastet nach seinem Mantel und seinem Hemd.

„Alles getrocknet im warmen Wind", stellt er zufrieden fest. Der schämt sich ja überhaupt nicht, das höre ich an seiner Stimme, denkt die Maus, dann kann ich auch gucken, und schon öffnet sie blinzelnd ein Auge. Entspannt zurückgelehnt ruht Beethoven in einem Sessel mit kräftiger, breiter Brust und nacktem Arm. Ein Tuch bedeckt seine Beine, aber tief unten am Boden entdeckt die Maus sei-

ne bloßen Zehen, so dick und rund, dass sie den Wunsch verspürt, sie aus der Nähe zu betrachten. Ohne dass die beiden Männer es bemerken, flitzt Lisa Gustavs Rücken hinunter, das lange Hosenbein entlang und springt ins Gras. Sie nähert sich Beethovens Füßen und schleicht zählend an seinen Zehen vorbei. „Eins, zwei, drei, vier, fünf...eins, zwei, drei, vier ‚fünf. Fünf und fünf macht zehn“, rechnet sie. Zehn dicke, runde Zehen hat Beethoven, und Lisa fragt sich, wie sie alle in die zwei schmalen Schuhe hinein passen sollen, die unter dem Baum stehen. Nun möchte sie auch einmal fühlen, wie kalt oder wie warm Beethovens Zehen sind. Kurzentschlossen packen ihre Pfötchen einen von den beiden Dicksten. Da hört sie ein Lachen über sich, wie sie es noch nie gehört hat, darum tanzen ihre Pfötchen immer schneller und mutiger über die Zehen, und immer lauter lacht Beethoven, bis er mit dem Fuß aufstampft, sich hinunter beugt und Lisa hochhebt.

„Hab ich es mir doch gleich gedacht, da kitzelt mich die Lisamaus“, sagt er glucksend und sieht dabei so fröhlich aus, wie die Maus es ihm nie zugetraut hätte.

„Es wird Zeit“, mahnt Gustav, „die Nacht flieht schon in die Berge, wir müssen zurückkehren, ehe die Sonne im Osten aufgeht.“ Beethoven reicht ihm die Maus, lächelnd sieht er zu Gustav hinauf.

„Hab niemals Sorge um mich, Laternenmann Gustav, auch wenn ich nachts manchmal aufwache und in Bonn spazieren gehe. Ich werde immer wieder auf den Münsterplatz zurückkehren, bevor der Tag anbricht“, verspricht er und streckt ihm die Hand entgegen. Da holt Gustav die zwei langen Schrauben aus seiner Hosentasche und legt sie ihm in die geöffnete Hand.

„Ich vertraue dir, Beethoven“, sagt er, „von nun an bist du mein Freund.“

Ein Tier aus Afrika

Seit dieser Nacht stattet Lisa Beethoven jeden Abend einen kleinen Besuch ab, bevor sie Gustav begrüßt. Sie flitzt übermütig um sein Denkmal herum und piepst so lange „Huhu!“ und „Hallo!“, bis er wenigstens ein Auge öffnet und ihr zuzwinkert.

„Ich bin's, die Lisa“, ruft sie atemlos, dabei kennt Beethoven die Maus doch längst, und dann erzählt sie ihm jedes Mal, was sie geträumt hat, als sie tagsüber im Mauseloch schlief. Der berühmte Mann hört ihr schmunzelnd zu, denn es geht um fauchende Katzen, die mit feurigen Augen die Nacht erleuchten und um knurrende Hunde mit spitzen Zähnen, die aus der Schnauze heraus wachsen wie kleine Messer. Diese Ungeheuer wollen das kleine Mäuschen ärgern, fangen und auffressen, aber die schlaue Lisa besiegt sie alle.

Heute will Beethoven keine Geschichte von Lisa hören, er winkt ab, gähnt herzzerreißend und kann seine Augen kaum noch aufhalten.

„Ich muss schlafen für lange Zeit“, sagt er mit schleppender Stimme, „meine Spaziergänge haben mich sehr angestrengt, gestern Nacht konnte ich kaum wieder auf meinen Sockel klettern, zweimal bin ich herunter gefallen."

„Das tut mir aber leid", bedauert ihn die Maus und legt ihr Gesicht in Kummerfalten, „hoffentlich hast du dir nicht weh getan." Sie trippelt unruhig auf der Stelle. Beethoven beobachtet sie. „Was zappelst du so herum? Hast du noch etwas auf dem Herzen, Lisa?"

„Bevor du einschläfst, Beethoven", stammelt sie, „bevor du vielleicht lange nicht wieder wach wirst, habe ich noch eine Bitte." Er hebt den Kopf.

„Was möchtest du von mir."

„Sag mir bitte, welche drei Ausflüge waren für dich die allerschönsten?"

Beethoven überlegt nicht lange.

„Am glücklichsten war ich natürlich bei mir zu Hause, weil ich dort auf meinem alten Klavier spielen konnte."

„Ja, das verstehe ich gut", die Maus nickt eifrig.

„Am spannendsten war mein Gespräch mit Cassius und Florentius, du kennst doch ihre Köpfe, die vor der Kirche liegen."

„Diiie können sprechen?" wundert sich Lisa.

„Ja, sie können sprechen, aber das darfst du niemals ausplaudern, das bleibt unser Geheimnis, hast du verstanden?" Beethoven hebt den rechten Zeigefinger wie ein strenger Lehrer in der Schule.

„Alles klar!“ ruft Lisa und beschließt heimlich, die beiden recht bald zu besuchen.

„Meine aaaaahhllergrößte Überraschung“, fährt Beethoven gähnend fort und schläft fast mitten im Satz ein, „das war der Eeeeeeehhlefant in der Rheinaue.“

Jetzt ist es heraus, mühsam zwar, aber Lisa hat ihn zum Glück noch verstanden.

„Nun flunkerst du aber“, piepst sie hoch und schrill, damit er wieder wach wird, „Elefanten gibt es nur in Afrika und... in Asien.“

Gespannt wartet sie auf seine Antwort, aber da sinkt der schwere Kopf schon auf die Brust. *„Chchch...Chchch...Chchch“*, tiefes Schnarchen dringt an ihr Ohr.

Schade, dass er mir nicht mehr verraten hat, denkt die Maus enttäuscht, denn einen Elefanten habe ich in der Rheinaue noch nie gesehen.

Ein Hüsteln lässt sie zusammenfahren. Erschrocken hüpft sie zur Seite.

„Gustav!“ ruft sie erfreut, „da bist du ja schon.“ Lautlos ist der Riese hinter sie getreten. Ins Gespräch vertieft, hat Lisa die Münsterglocke heute nicht gehört und Gustavs

Ankunft verpasst.
„Horch, wie laut er schnarcht, er ist wirklich hundemüde“, sagt sie und zeigt auf den erschöpften Beethoven, „er braucht endlich mal wieder seine Ruhe, hat er mir gesagt und ist auf der Stelle eingeschlafen, dabei wollte ich ihm noch eine wichtige Frage stellen.“
„Dann frag mich doch“, fordert Gustav sie auf.
„Ob du das weißt?“ zweifelnd sieht sie zu ihm auf. „Stell dir vor, Beethoven hat behauptet, in der Rheinaue lebt ein Elefant – das war bestimmt gelogen.“
„Ein Elefant? Hat er wirklich Elefant gesagt?“
Die Maus nickt eifrig. „Ja, er hat Elefant gesagt, ich habe genau aufgepasst, und erst heute Morgen habe ich im Brunnen gebadet und meine Öhrchen frisch geputzt.“
Gustav wackelt mit den Augenbrauen, ein sicheres Zeichen, dass er besonders scharf nachdenkt.
„Lisamaus“, meint er schließlich, „ich kann mir nicht vorstellen, dass Beethoven die Unwahrheit sagt. Wir müssen dieser Geschichte auf den Grund gehen. Wenn es diesen Elefanten wirklich gibt, sollten wir ihn besuchen, bevor er sich vielleicht wieder aus dem Staub macht. Blitzschnell krabbelt die Maus auf ihren Lieblingsplatz, auf Gustavs hohe Schulter.
In der Rheinaue angekommen, setzt sich Gustav mitten auf die

große Wiese, auf der die Kinder im Herbst ihre Drachen steigen lassen.
„Wir schließen jetzt beide unsere Augen“, befiehlt er, „wenn man nichts sieht, hört man umso besser, und Geräusche können viel verraten. Doch sag mir, Lisa, wie ruft ein Elefant?“
„I A!“ brüllt sie und erschrickt vor ihrer eigenen Stimme.
„Still, Lisa, das ist der Schrei des Esels.“
„Weißt du es denn besser?“ knurrt sie beleidigt.
„Ich glaube...er trompetet“, meint Gustav mit gerunzelter Stirn.
„Und wie klingt das?“ will sie wissen.
„Ja, das weiß ich auch nicht, aber ich bin sicher, wir werden etwas hören, wenn wir unsere Augen schließen.“
Sie lauschen und lauschen und hören den Wind, das Rascheln der Blätter, das Knacken der Äste und das Lied der Nachtigall. Als es endlich verstummt, hören sie noch etwas – ein heimliches Plätschern und Flüstern. Die beiden sehen sich an und Gustav erhebt sich lautlos. Auf Zehenspitzen schleicht er über die Wiese und folgt den zaghaften Stimmen. Der Weg führt sie zu einem Schild. „Blindengarten“, liest er leise vor und hält den Finger vor den Mund. Er glaubt, etwas hinter der Hecke erspäht zu haben und bückt sich. Sachte schiebt er die Zweige eines Rosenstrauches auseinander, und sie schauen wie durch ein Guckloch in einen Garten hinein und staunen.

Über einer sprudelnden Wasserquelle steht ein junger Elefant mit einem traurigen Gesicht. Man sieht, dass er geweint hat, denn eine dicke Träne, weiß wie Milch, läuft noch den Rüssel entlang. Fünf seltsame Kinder in langen Kleidern stehen neben ihm und geben sich alle Mühe, ihn zu trösten. Liebevoll streicheln sie ihn, umarmen seine starken Beine, kitzeln den Rüssel und flüstern ihm Zärtlichkeiten ins Ohr. Eines putzt ihm die Stoßzähne blank mit seinem langen Rock, ein anderes liegt mit ausgebreiteten Armen auf seinem Rücken und singt ein Lied.

Die Maus Lisa ist verwirrt, es ist schön anzusehen, wie lieb die Kinder zu dem Elefanten sind, aber da ist auch etwas, was sie nicht versteht, was ihr Angst macht. Die Kinder liebkosen das Rüsseltier, ohne es anzuschauen. Manche scheinen mit träumenden Augen in ein fernes Land zu blicken, andere halten die Augen sogar geschlossen. „Was ist mit ihnen?“ fragt sie ängstlich. Gustav hält seinen Mund dicht an Lisas Ohr und flüstert:

„Diese Kinder sind blind, ihre Augen schauen nur nach innen, aber ihre Ohren hören alles, sogar das Stimmchen einer Ameise. Ihre feine, empfindliche Nase kann jede Blume an ihrem Duft erkennen. Ihrem Mund schmeckt Schokolade so köstlich, wie sonst niemandem auf der Welt. Und ihre Hände fühlen jedes einzelne Haar auf deinem

Kopf, wenn sie dich streicheln:“

„Muss ich nicht traurig sein, weil sie blind sind?“ Flehend sieht Lisa dem Riesen in die Augen, und Gustavs Blick ruht zärtlich auf der Maus mit dem weichen Herzen.

„Nein, du musst nicht traurig sein“, sagt er mit fester Stimme, „Blinde können hören, riechen, schmecken und fühlen 1000 Mal besser als jeder Mensch, der sehen kann.“ Da beruhigt sich Lisa, schluckt noch einmal und lugt wieder mit Neugier durch die Zweige.

Der Elefant hebt nun den Kopf, seine Tränen sind getrocknet, und sein Mund verzieht sich zu einem schüchternen Lächeln.

„Danke, meine Freunde“, sagt er, „habt Dank für eure Liebe und Sorge um mich. Wenn ich euch nicht hätte, wäre ich schon vor Kummer gestorben.“

„Warum?“ schreit Lisa entsetzt. Das Wort zerreißt die Stille. Die Kinder erstarren in ihrer Bewegung und verwandeln sich in Eisen. Nur der Elefant bleibt stehen und sieht dem Riesen und der Maus ruhig entgegen, als sie nun aus dem Gebüsch hervortreten.

„Seid willkommen“, begrüßt er sie, „meine fünf Freunde habt ihr zwar erschreckt, aber ich freue mich, euch zu sehen.“

„Wie kommt ein Elefant wie du in diesen schönen Park?“

platzt Lisa heraus.

„Ach, das ist eine lange Geschichte“, seufzt das Rüsseltier, „wenn ihr sie hören wollt, nehmt bitte Platz auf dieser Bank aus Stein.“ Gustav setzt sich sogleich, und Lisa springt auf sein Knie, Augen und Ohren sind weit geöffnet. Kein Wort soll ihr entgehen.

Polango erzählt

Vor langer Zeit wurde ich in Afrika geboren. Ich lebte mit meiner Mama in einer großen Herde. Tag für Tag zogen wir mit anderen Elefantenkindern und ihren Müttern gemeinsam durch die endlose Wüste. Wir fraßen Gras, rupften Blätter und Früchte von den Bäumen und waren froh, wenn wir einen Wassertümpel fanden, um unseren Durst zu löschen. In der glühenden Mittagshitze lehnten wir uns an einen Baum und hielten in seinem Schatten ein kurzes Schläfchen.

Eines Tages hatte ich wohl zu lange geträumt, und die Herde war ohne mich weitergezogen. Als ich wach wurde, sah ich sie in weiter Ferne und beeilte mich, mit meinen kurzen Beinen, so schnell ich konnte, hinterherzulaufen. Da kam plötzlich ein Auto herangebraust. Männer sprangen heraus, schrien laut und warfen ein Lasso über meinen Kopf. Vergebens wehrte ich mich, ich war gefangen, und sie waren stärker als ich und zerrten mich auf ein Auto. Holterdipolter ging es nun bergauf und bergab, bei Tag und bei Nacht. Erst nach langer Zeit durfte ich mein enges Gefängnis wieder verlassen. Sogleich pfiff mir ein eisiger Wind um die Ohren, es war bibberkalt, und der Himmel spukte weiße Flocken auf die Erde. So etwas hatte ich noch nie erlebt und langsam dämmerte mir, dass ich nicht mehr in Afrika war. Ich war in einem fremden Land. Ein Zirkusdirektor hat mich gekauft, und ich lernte von ihm Kunststücke mit einem Ball und einem Reifen, damit die Kinder, die uns mittags besuchten, ihren Spaß hatten. Nach der Vorstellung stand ich allein auf der Wiese in einem Käfig. Niemand hat mit mir gesprochen, niemand war lieb zu mir, und ich träumte Tag und Nacht von Afrika. Eines Mittags zogen dunkle Wolken am Himmel auf, und ein heftiger Sturm brach los, er stieß das Gatter meines Käfigs auf, als hätte er Mitleid mit mir, da bin ich einfach davongelaufen, immer geradeaus, ohne zu wissen, wohin der Weg mich führt.

Am Tag habe ich mich im Wald versteckt, aber nachts bin ich lange Wege gelaufen, bis ich in der Dunkelheit diesen schönen Garten fand. Hier habe ich mich unter einem Baum ausgeruht, der seine Äste bis auf die Erde herunterhängen ließ. Jetzt bist du endlich sicher, dachte ich, hier kann dich niemand entdecken. Gerade wollte ich meine Augen schließen, da sah ich die blinden Kinder über die Wiese laufen. Obgleich ihre Augen nicht sehen können, haben sie mich sofort gefunden, dabei stand ich mucksmäuschenstill. Sie hoben einen Ast hoch und schlüpften in mein Versteck. Kopfschüttelnd berührten sie mich und schnupperten an mir herum, als wären sie Hunde. ‚Wonach riechst du?' fragten sie, ‚diesen Duft kennen wir nicht. Bist du ein Dinosaurier?'

Da habe ich laut gelacht, denn Dinos gibt es ja schon lange nicht mehr. An ihrer Frage habe ich sofort erkannt, dass sie blind sind, sonst hätten sie ja gesehen, dass ein Elefant vor ihnen steht.

‚Ich heiße Solango und bin ein junger Elefant aus Afrika', gab ich stolz zur Antwort, ‚ich bin durch die heiße Wüste gewandert, bis böse Menschen mich gefangen und verkauft haben.' Die Kinder schwiegen mitleidig und vergruben ihr Gesicht in den Händen, ihre blinden Augen weinten. Schluchzend begannen sie, mich zu streicheln.

‚Den Weg zurück in deine Heimat wirst du wohl nie wieder finden', sagten sie zu mir, ‚bleib bei uns, wir können dich verzaubern und beschützen. Am Tag sollst du aus Eisen sein und in der Nacht aus Fleisch und Blut.'

Das hat mir gut gefallen, darum bin ich bei ihnen geblieben, und wir sind allerbeste Freunde geworden. Seit jener Nacht stehen wir zusammen am hellen Tag in diesem Garten unbeweglich, starr und stumm, und niemand, der uns besucht, kommt auf den Gedanken, dass wir um Mitternacht quicklebendig

werden. Wenn meine Freunde mich verwandeln, wenn wieder Blut durch meine Adern fließt und meine Beine warm werden, dann denke ich zuallererst an Afrika, an meine Mama und meine Spielkameraden, an die heiße Sonne und den weichen Wüstensand, und die Sehnsucht erdrückt mir fast das Herz. Die Blinden fühlen meine Traurigkeit, auch wenn ich nichts sage, sie tasten sie mit ihren Händen, weil meine Haut sich vor Kummer runzelig zusammenzieht, wenn ich lautlos weine.

‚Solango, lass den Kopf nicht hängen', raunen sie in mein Ohr, ‚sieh hinauf zum Mond, willst du ihn nicht begrüßen?' Dann hebe ich meinen Rüssel und trompete einen Gruß nach oben, und wenn der Mond vor Freude lacht, verfliegt meine Traurigkeit, und wir lachen alle mit. Manchmal kitzeln mich die Kinder so übermütig, dass ich mich japsend auf den Boden werfe und mit den Beinen strampele.

‚Hört auf! Hört auf!' rufe ich, ‚ich will euch auch belohnen.' Sofort sind sie brav und klettern auf meinen Rücken, denn am liebsten werden sie von mir getragen. Wir gehen oft in den japanischen Garten und sitzen lauschend auf den Steinen, dort, wo das sprudelnde Wasser geheimnisvolle Geschichten erzählt, und im heißen Sommer baden und planschen wir im See, bis auch die Enten und die fetten Gänse neugierig herbeischwimmen, und ich spritze alle mit dem Rüssel nass."

Mit offenem Mäulchen hat Lisa zugehört, wie gerne würde sie das einmal erleben und auch auf dem Elefantenrücken ins Wasser steigen, doch jetzt zieht sie die Uhr aus dem Rucksack.
„Schon 10 Minuten vor drei, es wird höchste Zeit für dich, Gustav", ruft sie erschrocken, „wir müssen dich leider verlassen, Solango, aber wir kommen bald wieder."
„Dann werde ich mich jetzt in Eisen verwandeln", sagt der Elefant und berührt mit dem Rüssel den Kopf eines blinden Kindes.
Gustav streckt die Hand nach ihm aus und will ihn zum Abschied noch einmal streicheln, doch zu seiner Überraschung fühlt er nur kaltes Metall unter seinen Fingern.
„Unglaublich!" sagt er, „wer hätte das gedacht, ein Elefant aus Afrika geht nachts in Bonn spazieren."

Geheimnisvolle Steine

Lass uns heute hier bleiben, auf dem Münsterplatz", wispert Lisa, als Gustav in der folgenden Nacht aus seiner Laterne fällt, „ich möchte, dass du mit mir zu den zwei Köpfen gehst, die da vorne neben der Kirche liegen."

„Warum denn das?" wundert sich der Riese, „die kannst du dir auch alleine ansehen."

„Ich trau mich aber nicht alleine - sie sind so schrecklich groß."

„Hoho", lacht Gustav, „so kenne ich dich nicht, kleine Maus. Wovor fürchtest du dich? Es sind doch nur zwei dicke Steine, mehr nicht."

Lisa schüttelt heftig den Kopf.

„Nein, Gustav, es sind nicht nur zwei dicke Steine, es sind Steine mit einem Gesicht und einem komischen Hut", widerspricht die Maus.

„Da hast du Recht", meint er gutmütig, „aber was soll daran aufregend sein?"

„Das Gesicht hat einen M u n d", flüstert Lisa.

„Natürlich, jedes Gesicht hat einen Mund,"

„Der Mund kann s p r e c h e n“, stößt sie hervor.

„Nein, Lisa, die beiden sprechen kein einziges Wort, weder der eine noch der andere. Wie oft bin ich an ihnen schon vorbeigegangen, und nicht ein einziges Mal haben sie ‚Guten Abend, Gustav‘ zu mir gesagt.“

„Das war nicht nett von ihnen“, bedauert ihn Lisa, „doch beug dich einmal zu mir herunter, dann verrate ich dir ein Geheimnis, aber nur ganz leise, damit Beethoven mich nicht hört, sonst denkt er, die Lisa ist eine richtige Petze, die kann nichts für sich behalten, der erzähle ich gar nichts mehr.“

„Ein Geheimnis von Beethoven?“ Gustav spitzt die Ohren, Neugier blitzt aus seinen Augen, „verrat mir alles, was du weißt, ich werde schweigen wie ein... Maulwurf.“

„Die Steine... die Steine“, schnauft Lisa vor Aufregung, „die Steine haben nicht nur ‚Guten Abend, Herr Beethoven‘, zu ihm gesagt, die haben ihm sogar eine super spannende, richtig coole Geschichte erzählt.“

„Potzblitz! Das soll ich dir glauben?“ Der Riese stemmt die Arme in die Seiten und mustert zweifelnd die Maus.

„Ich weiß sogar, wie die beiden heißen“, freut sich Lisa und reibt vergnügt ihre Vorderpfötchen, endlich ist sie einmal klüger als der Laternenmann.

„Hör zu, Gustav, sie heißen nicht wie du und ich oder wie Erik und

Krake, sie haben Namen, die du noch nie gehört hast."
Gustav legt die rechte Hand hinter sein Ohr. „Jetzt sag es schon, ich bin gespannt wie ein Flitzebogen, na, wie heißen die beiden?"
„Äh, äh...", stammelt das Mäuschen und kratzt sich wild am Kopf, „wie war das noch mal? Ein Name endet auf us, das weiß ich genau... und der andere... lass mich noch einmal überlegen... ja... der auch. Zweimal us am Schluss, aber den Rest, das, was vorne steht, habe ich leider vergessen."
Gustav lacht schallend los, „zweimal us am Schluss!" ruft er, „hahaha, das sind ja schöne Namen", und er lacht, bis ihm Tränen über die Wangen laufen.
„Zweimal us am Schluss", schallt ein Echo von allen Seiten zurück, und die Maus erschrickt und dreht sich verwirrt im Kreis. Wer ist da? Wer ruft da? Was sieht sie da? Alle Fenster der Häuser auf dem Münsterplatz haben sich in lebendige Gesichter verwandelt mit großen Ohren und lachendem Mund. „Zweimal us am Schluss", tönt es über den Platz.
Lisa presst die Augen zu und drückt die Pfoten auf die Ohren. Sie will diese Geister nicht sehen, und sie will nicht ausgelacht werden. Rasend schnell dreht sich in ihrem Kopf das kleine Rad der Erinnerung und sucht die Namen.
„Ich hab's, Gustav!" ruft sie plötzlich und strahlt wie ein Glücksstern,

„jetzt weiß ich es wieder, die Steine heißen Cassius und Florentius."
„Donnerwetter, kleine Maus", lobt Gustav, „jetzt können wir die beiden Burschen höflich begrüßen, falls sie uns hören und ihr Mund zu uns spricht."
Gustav und Lisa kommen zu den Steinen und wandern schweigend um sie herum. Unbeweglich liegen die Köpfe im matten Licht der Laterne, sie schlafen mit offenen Augen und blicken in weite Ferne, ihr Mund ist verschlossen, ein Helm sitzt fest auf den Locken.
Einer von ihnen schaut in den Himmel, so kann er am Tag träumen und in der Nacht die Sterne zählen. Der Zweite hat seinen Kopf auf die Seite gelegt, so schläft Lisa auch am liebsten. Ihm kann sie ins Gesicht sehen, sie muss sich nur ein bisschen verrenken. Ob sie ihn wecken darf, das ist die erste Frage, und wie sie das schaffen soll, ist das zweite Problem, denn rütteln und schütteln kann sie diesen schweren Brocken nicht. Ihre Augen suchen Gustav. Er will ihr heute nicht helfen und lehnt bequem an der Kirchenmauer. Die Arme verschränkt, den Hut ins Genick geschoben, beobachtet er die Maus mit skeptischer Miene. Soll sie ruhig alleine versuchen, diese Steine zum Sprechen zu bringen, er glaubt, dass alle Mühe vergeblich sein wird.
Langsam kriecht das Mäuschen näher an das liegende Gesicht heran, wendet sich immer wieder Schutz suchend zu Gustav um, ob er noch da ist.
„Cassius", flüstert sie in das Ohr, das ohne Kopfkissen auf den

harten Steinen liegt. „Guten Abend, Cassius... wach bitte auf... du hast Besuch.“ Sie trippelt ein paar Schritte zurück und starrt in das steinerne Antlitz. Da rührt sich nichts, nicht der kleinste Muskel zuckt. Das war wohl nicht der richtige Name, denkt die schlaue Maus und läuft erneut nach vorn.

„Guten Abend, Florentius... aufwachen... du hast Besuch!“,ruft sie nun schon mutiger und lauter in dasselbe Ohr, und im gleichen Moment spürt sie eine schwache Bewegung. Erwartungsvoll legt sie ihr Pfötchen auf den steinernen Mund, da öffnen sich die Lippen einen Spalt breit, und ein tiefer, warmer Seufzer fährt heraus. Lisa kann ihr Glück kaum fassen.

„Du bist Florentius“, jubelt sie und hopst in die Luft, „komm, Gustav, ich habe ihn aufgeweckt.“

Der Laternenmann kniet sich auf den Boden und legt Florentius eine Hand auf die Stirn wie ein Doktor, der Fieber misst. Zu seinem Erstaunen fühlt sich die Haut warm und weich an.

„Er ist tatsächlich lebendig! Das hätte ich nie gedacht“, sagt er verblüfft, und Florentius öffnet lächelnd seinen Mund, seine Augen sind freundlich auf Gustav gerichtet.

„Wer bist du?“ fragt er mit klarer Stimme, „so einen wie dich habe ich noch nie gesehen.“

„Ich bin Gustav, ein Laternenmann, ich gehöre zu den guten Geistern dieser Stadt, wir treiben auch mal Schabernack, man kann uns hören: ‚*Klack, Klack, Klack.*'"

„Gute Geister sind wir zwei auch", entgegnet Florentius und zeigt auf seinen Kameraden, „wir liegen hier draußen auf dem Platz, damit die Menschen nicht vergessen, dass die Stadt Bonn zwei starke Wächter hat, Cassius und Florentius, Stadtpatrone nennt man uns."

„Was macht ihr denn?" will Lisa wissen.

„Wir beschützen die Stadt und ihre Bürger und bewahren sie vor Unheil."

„Unheil? Was ist das denn?" fragt die Maus.

„Unheil hat viele böse Gesichter", erklärt ihr Florentius. „Das kann ein Erdbeben sein, das die Wände wackeln lässt, oder ein glühendes Feuer, das die Häuser auffrisst, oder eine Überschwemmung, die das Wasser des Rheins bis auf diesen Platz trägt, dann bekommt die Münsterkirche kalte Füße."

Lisa verzieht ängstlich ihr Gesicht, „und mein Mauseloch und Gustavs Laterne, bekommen die dann auch kalte Füße?"

„Sei ohne Sorge, Mäuschen. Wir zwei, der Cassius und ich, der Florentius, wir wachen über diese Stadt bei Tag und bei Nacht, und wenn ein Unheil naht, vertreiben wir es mit starker Hand."

Diese Worte beruhigen Lisa ein wenig, aber gleichzeitig wundert sie sich, denn Florentius hat gar keine Hand und Cassius auch nicht, aber das wagt sie nicht zu sagen, darum sieht

sie Gustav fragend an. Auf seiner Stirn stehen zwei steile Falten, wortlos streicht er über sein Kinn, wie immer, wenn er ein Problem hat. Seine Augen blicken ungewohnt ernst, als er nun zu Florentius sagt:
„Hab Dank, Florentius, für deine geheimnisvolle Botschaft, ich möchte mich nun in meine Laterne zurückziehen und alles in Ruhe bedenken. Am Mittwoch könnten wir euch wieder besuchen, würde dir das gefallen?“
„Es wäre uns eine Ehre und eine Freude“, antwortet Florentius, „und meinen Freund Cassius sollt ihr dann auch kennenlernen.“
Stumm und tief in Gedanken versunken, wandern die Maus und der Riese über den Platz zum Postamt hinüber. Bevor Gustav in seine Laterne schlüpft, zupft Lisa ihn am Hosenbein.
„Gustav“, sagt sie, und ihre Stimme klingt kummervoll, „ich habe nicht alles verstanden, was er gesagt hat. Cassius und Florentius haben keine Arme und keine Beine. Muss man nicht schnell laufen können, wenn man ein Unheil verjagen will?“
Der Laternenmann beugt sich zu ihr herab.
„Eine kleine Maus wie du, Lisa, wird dieses Wunder nie begreifen, auch große Leute, wie ich, müssen darüber sehr lange nachdenken.“

Wie heißt die Gans?

Als Gustav in dunkler Nacht sein Laternenhaus verlässt und Lisa vor Freude piepsend an seinem Bein hochspringt, hebt der Riese seine Nase prüfend in die Luft. Er schnuppert nach allen Seiten und schließt genießerisch die Augen.

„Oooh, riecht das gut", sagt er, „verrat mir kleine Maus, was duftet da so fein, dass mir das Wasser im Mund zusammenläuft?"

„Das ist Gänsebraten", antwortet Lisa, „heute feiern die Menschen das Martinsfest, sie braten Gänse und essen sie mit Klößen und viel Soße. Das schmeckt sooo lecker." Mit sehnsüchtigen Augen fährt ihre Zunge über das glänzende Schnäuzchen.

„Woher weißt du das so genau, kleine Maus? Hat dich schon jemand zum Festschmaus eingeladen?"

Lisa schüttelt bedauernd den Kopf.

„Nein, leider nicht, nicht ein einziger hat an mich gedacht. Wer kommt schon auf die Idee, ein Mäuschen einzuladen?"

„Woher weißt du dann, dass Gänsebraten so köstlich schmeckt?"

Lisas Öhrchen werden rot, sie mag Gustav nicht ansehen und schaut

verlegen auf den Boden, ihre rechte Pfote kratzt im Dreck.
„Hast du etwa gestohlen?“ fragt Gustav, und es klingt so streng, dass die Maus erschrickt. Stehlen ist böse, das weiß sie, Stehlen ist noch böser als Hauen. Stumm krümmt sich das Mäuschen und wird so klein, als wolle es am liebsten verschwinden.
„Nun aber heraus mit der Sprache! Erzähl mir, was hast du angestellt?“ fordert Gustav sie auf, und Lisa sieht nicht, dass er heimlich schmunzelt, sie druckst herum.
„Also, das war so. Heute Mittag brutzelte und duftete es da vorne im Restaurant“, sie zeigt hinüber zum Milchpavillon. „Es roch so köstlich wie noch nie. Ich schnupperte und schnupperte, mehr habe ich nicht gemacht, da sind meine Beinchen ganz von alleine zu diesem Haus gelaufen, schnurstracks in die dampfende Küche hinein.“
„So, so, und was passierte dann?“
„Dann lag da eine dicke, fette Knuspergans auf dem Tisch. Der Koch mit der hohen weißen Mütze stand am Herd und rührte im Soßentopf. Meine Beinchen sind ganz von alleine am Tischbein hinaufgeflitzt.“
„So, so, und was passierte dann?“
„Dann, dann, wollte ich nur einmal lecken, aber meine Zähnchen haben ganz von alleine ‚*Happs*‘ gemacht, aber nur ein einziges Mal.“

„So, so, wirklich nur ein einziges Mal?“

„Ja, Gustav, großes Ehrenwort, nur ein einziges Mal, da hat mich nämlich der Koch schon entdeckt, und das war ein bitterböser Koch, das kannst du mir glauben. Weißt du, was der gemacht hat? Der hat mich mit dem langen Löffel gehauen, aber er hat nur mein Schwänzchen getroffen, das hat der armen Lisa sehr wehgetan.“

„So, so, das ist ja eine wirklich schlimme Geschichte.“

Lisa presst beide Pfötchen auf ihr Bäuchlein.

„Nur ein einziges Mal haben meine Zähnchen *‚Happs‘* gemacht“, jammert sie. „Hunger, Hunger, die kleine Lisa hat großen Hunger. Im Bäuchlein knurrt ein schwarzes Loch.“

Gustav setzt die Maus auf seine Schulter. „Wir gehen jetzt spazieren, und ich denke nach, wie wir das schwarze Loch zum Schweigen bringen“, verspricht er und schnuppert verstohlen. Ein Stück Martinsgans würde ihm auch gut munden.

Zuerst stakst er die Poststraße entlang, dann biegt er links um die Ecke.

„Gänse! Gänse!“ schreit Lisa plötzlich aufgeregt. Auch Gustav sieht nun den Brunnen. Fünf dicke, fette Gänse stehen darauf, als warteten sie, gefangen, gebraten und gefressen zu werden, Kinder jagen sie mit Stöcken.

„Mach sie lebendig, Gustav, dann schnappen wir uns die dickste von allen“, flüstert die Maus. Der Laternenmann tritt an den Brunnen, seine Hand berührt den Kopf einer Gans. Im selben Moment werden alle Gänse lebendig, schütteln ihre Federn, recken die langen Hälse und begrüßen sich schnatternd. Dann flattern die ersten vom Brunnen herab, und die Kinder folgen ihnen und hüpfen singend auf den Münsterplatz.

„Pack dir eine!“ piepst die Maus, „bevor sie alle fortlaufen.“ Aber als Gustav die Hand ausstreckt, fauchen und schimpfen die Gänse mit ihm, ihre harten Schnäbel hacken Gustav in die Hand, dann fliegen sie hinter den Kindern her. Verdutzt schaut Gustav ihnen nach. Mit entschlossenen Schritten folgt er den Flüchtenden. Lisa springt auf den Boden, sie will ihm helfen. Kreuz und quer jagen sie über den Münsterplatz hinter den schnatternden Gänsen her. Kreischend laufen die Kinder dazwischen und schwingen ihre Stöcke. Endlich erwischt Gustav eine dicke Gans am Schwanz. Er presst sie an sich. Die Gans wehrt sich schreiend, ihr langer Hals schnellt vor und zurück, dabei trifft ihr Schnabel Gustavs rabenschwarzen Knopf. Mit einem lauten *‚Zisch‘* schrumpft der Laternenmann wie ein geplatzter Luftballon. Erschrocken lässt er die Gans los, eilig fliegt sie davon. Der Riese, der jetzt kein Riese mehr ist, drückt hastig auf den roten Knopf und saust wieder in die Höhe. Er schämt sich vor Lisa, so etwas Peinliches ist ihm noch nie passiert. Die Maus hat alles beobachtet, und der Freund tut ihr leid, darum schaut sie zum Kirchturm hinauf und tut so, als hätte sie nichts bemerkt.

Still ist es nun auf dem Münsterplatz. Kinder und Gänse sind wie ein Spuk verschwunden.

„Lisa, bist du traurig, weil die dicke Gans stärker war als ich? Gib mir eine ehrliche Antwort."

Die Maus denkt nach, dann schüttelt sie den Kopf.

„Nein, Gustav, ich bin nicht traurig, ich bin sogar froh, dass sie fort geflogen ist. Wir zwei haben doch keinen Ofen. Wo hätten wir sie braten sollen? Und wenn wir einen Ofen hätten, dann hättest du ihr vorher den langen Hals...", Lisas Gesicht verzieht sich zu einer schauerlichen Fratze, und ihre Pfötchen machen eine Bewegung, als wollte sie ein Handtuch auswringen, „*'krrrck'*... du weißt schon, was ich meine... und das kannst du doch gar nicht, weil du ein lieber Gustav bist."

„Aber Hunger hast du immer noch, kleine Maus?" fragt er, und Lisa nickt kläglich.

„Komm", sagt er und stapft direkt zum Gänsebratenrestaurant. Er knipst am Zylinder sein grünes Licht an und öffnet das Fenster in der Wand. Dann schiebt er seinen langen Arm hindurch und bückt sich, um hinein zu sehen. Die Küche ist blank gescheuert. Kein Krümelchen Gänsefleisch liegt auf dem Tisch.

„Sie haben alles aufgegessen", meldet er der Maus.

„Sieh im Kühlschrank nach“, fordert sie ihn auf.
Gustavs Hand öffnet die Eisschranktür. Seine Augen leuchten vor Freude. Er packt eine Schale mit Gänsefleisch und schüttet aus einer Kanne noch Soße darüber. Vorsichtig balanciert er das köstliche Mahl durch das Fenster. Braune Sahnesoße tropft auf den Boden, und das hungrige Mäuschen springt auf die Erde und schleckt und schleckt. Feierlich trägt Gustav die Schüssel über den Platz und setzt sich mit Lisa auf das Denkmal vor der Münsterkirche. Um die Wette knabbern sie den saftigen Braten.
„Die Bonner Martinsgans schmeckt ausgezeichnet“, murmelt Gustav anerkennend und reicht Lisa das letzte Stückchen Fleisch.
„Soll ich es für Beethoven verwahren?“ fragt sie artig.
„Nein, iss es auf, wir wissen nicht, wie lange er noch schläft.“
Ächzend stopft die Maus den letzten Rest in ihre Backentaschen und streichelt zufrieden ihr pralles Bäuchlein. Als auch die Schüssel sauber ausgeschleckt ist, wird der Riese plötzlich nachdenklich.
„Sag mir, schlaue Maus, heißen alle Gänse Martin?“
„Das weiß ich nicht“, kichert sie, „vielleicht hieß unsere Gans Gustav, genau wie du.“
Da verzieht der Laternenmann sein Gesicht, als wolle er weinen.
„Ich habe doch nur Spaß gemacht“, ruft Lisa, „unsere Gans hieß einfach nur Quak-Quak.“

Gefährliche Kanonen

Nicht eine Nacht vergeht, ohne dass die Maus Lisa auf ihren Gustav wartet. Schon lange zählt sie nicht mehr, wie oft sie auf seiner Schulter gesessen hat. Schnell fliegt das Jahr dahin. Auf den Winter folgt der Frühling, und nach dem Frühling legt sich ein heißer Sommer über die Stadt. Wenn Lisas Öhrchen dunkelrot werden, weil ihr Mäusefell jetzt viel zu warm ist, dann steigt Gustav in den Rhein und schwimmt mit ihr bis zur Nordbrücke. So ein Bad ist für beide ein großes Vergnügen, und Lisa winkt den Schiffen zu und ruft übermütig „Ahoi, Ahoi!".

In einer glutheißen Nacht hockt Lisa hinter einem der zwei gelben Briefkästen vor dem Postamt. Schon seit zehn Minuten hält sie sich dort versteckt, nur ihr Köpfchen schaut immer wieder blitzschnell um die Ecke und wirft einen besorgten Blick auf Gustavs Laterne. Sie traut sich nicht hervor zu kommen, denn zum ersten Mal ist sie zur Geisterstunde nicht alleine auf dem Münsterplatz. Das hängt gewiss mit der Hitze zusammen, denkt die Maus, die ist den Bonnern in den Kopf gestiegen, sonst würden nicht so viele Menschen, die eigentlich schon längst im Bett liegen müssten, immer noch schwatzend und lachend durch die Stadt spazieren, auf den Bänken oder am Denkmal sitzen und einfach so tun, als wäre es hellllichter Tag.

Mit gerunzelter Stirn beobachtet sie die Zeiger oben am Turm. Zwei Minuten bleiben ihr noch, um Gustav zu warnen. In seiner Laterne ahnt er ja nicht, was hier draußen los ist. Wie soll er herausfallen und wachsen, ohne dass die Leute dieses Schauspiel beobachten und vielleicht schreiend davon laufen? Unmöglich! Heute muss Gustav zu Hause bleiben, auch wenn er sich schon den ganzen Tag auf Lisa gefreut hat. Jetzt fasst sie Mut und springt geduckt zur Laterne, ihre scharfen Krallen kratzen schabend über das Metall.

„Gustav, hörst du mich?“ zischt sie, „lass dich bloß nicht hier draußen blicken. Überall laufen Leute herum, keine Ahnung, warum die heute nicht müde werden.“

Sie presst ihr Ohr an seine Tür und lauscht.

„Danke, Lisamaus, sei unbesorgt, ich bleibe unsichtbar.“

Nanu, denkt Lisa, was heißt das denn, ich bleibe unsichtbar? Kommt er nun oder kommt er nicht?

Die Uhr schlägt zwölf. Aufs Äußerste gespannt spitzt Lisa die Ohren. Da – horch! Kaum hörbar macht es *‚Quiiietsch‘*, noch leiser macht es *‚Plumps‘*. Doch wo ist Gustav? Sie sieht ihn nicht, dreht sich suchend im Kreis, die schwarzen Äuglein irren umher. Da umschließt sie eine unsichtbare Hand, hebt sie sachte von der Erde empor und steckt sie in eine wohlbekannte Hosentasche.

„Guuustav“, ruft Lisa glücklich, „wie schön, dass du gekommen bist, sind wir zwei jetzt unsichtbar?“ Da lacht der Riese leise, „ich bin es schon, aber du, kleine Maus, bist nur unsichtbar, solange du brav in meiner Tasche bleibst.“

Erst auf dem Rathausdach darf sie auf seine Schulter klettern und schaut sich neugierig um.

„Hab ich mir‘s doch gleich gedacht, Gustav, heute sind wir zwei einmal ganz allein, nur du und ich, das ist schön.“

Doch kaum hat Lisa das gesagt, da lacht und kichert es von beiden Seiten dicht neben ihr, und sie erschrickt und schämt sich ein bisschen vor den unsichtbaren Freunden, die immer lieb zu ihr sind, bis auf Krake.

„Ihr Laternenmänner seid alle gekommen?“ staunt sie, denn so sehr ihre Augen sich auch anstrengen, sie sieht nicht einen einzigen.

„Ein Laternenmann ist jede Nacht unterwegs“, gibt Eric zur Antwort, „aber wir sollten nicht länger hier oben auf dem Rathausdach sitzen, heute Nacht gehört der ganze Marktplatz den Bürgern von Bonn.“

Von unten dringen Lärm und Musik zu ihnen hinauf. Bis auf den letzten Platz sind alle Stühle vor den Gaststätten besetzt, die Menschen genießen die Sommernacht.

„Kommt“, sagt Gustav leise in die Runde, „wir suchen uns ein stilles Plätzchen, lasst uns zu den Kanonen gehen.“

„Kanonen?“

„Welche Kanonen?“ rätseln die Freunde.

Niemand weiß, wovon Gustav spricht, auch Lisa weiß es nicht.

„Zeig uns deine Kanonen“, schlägt Eric vor und schwingt sich als erster vom Dach hinunter. Lautlos folgen die anderen seinem Beispiel. Ihre Klack-Klack-Schuhe tragen sie in den Händen und schleichen unsichtbar so geschickt um die Menschen herum, dass sie nicht einen einzigen berühren.

„Kanonen, Zitronen, ein Sack dicke Bohnen“, piepst Lisa übermütig. „Pssst“, zischt Gustav, „sei sofort still!“ Erschrocken klappt sie ihr Schnäuzchen zu, doch es ist schon zu spät. Ein Mann, der mit Freunden vor einem Café sitzt und sich seit Stunden den Wein gut schmecken lässt, hat die feine Stimme gehört und seine Augen haben die Maus entdeckt. „Das kann doch nicht wahr sein!“ schreit er, „da fliegt eine Maus mit einem roten Rucksack durch die Luft.“ Er springt auf, reißt den Stuhl um und stürzt nach vorn. Blitzschnell rutscht Lisa hinter Gustavs Kragen. Die Leute ringsumher quietschen vor Vergnügen. „Eine fliegende Maus mit einem roten Rucksack“, prusten sie und schütteln sich vor Lachen, denn niemand sieht die Maus.

„Komm, setz dich wieder“, beruhigt ihn seine Frau und führt ihn beschämt an seinen Platz zurück, „du hast zu tief ins Glas geschaut, dann siehst du Dinge, die es gar nicht gibt.“

Am Torbogen der Universität müssen sich die Riesen tief bücken, manche kriechen auf allen Vieren hindurch. Gustav führt sie zum Alten Zoll, hier ist es still, hier sind sie endlich allein und tippen, einer nach dem anderen, an ihre Zylinder. Da freut sich die Maus, weil sie die Freunde wieder sehen kann. Hinter hohen Bäumen gelangen sie zu einer mächtigen Mauer, die steil hinunter zum Ufer führt. Von dort schauen sie auf den Rhein.

Gustav zeigt auf zwei dicke Eisenrohre zu ihren Füßen, die von einem Balken und zwei Rädern gehalten werden.

„Das sind die Kanonen des Kaisers“, erklärt er.

Die Laternenmänner bleiben stumm, sie sind enttäuscht, zwei kleine Rohre, mehr nicht. Was gibt es da zu bestaunen?

„Das ist ja nur ein dummes Spielzeug“, meint Krake verächtlich.

„Nein, das ist kein Spielzeug“, widerspricht Gustav. „es sind zwei kleine Rohre, die Großes vollbringen können. Hört zu, meine Freunde! Vor langer Zeit hat der Kaiser unsere schöne Stadt Bonn besucht. Die Kanonen hat er als Gastgeschenk mitgebracht, aber schon am selben Abend ist mit ihnen etwas Schlimmes geschehen.“

„Was ist passiert?“

„Erzähl!“

Jetzt sind alle neugierig geworden und umringen Gustav.

„Seht ihr hier oben das kleine Zündloch im Rohr?“ fragt er. „Es ist nicht größer als der kleine Finger eines Menschen, aber tief drinnen steckt etwas höchst Gefährliches, man nennt es Schießpulver. Ein Soldat hat in der Nacht zum Spaß ein brennendes Streichholz genau in dieses Loch gesteckt. Da kam vorne aus dem Rohr der Kanone mit ungeheurer Wucht ein Böllerschuss heraus gefahren. So stark war der Wind aus dem Rohr, dass der Rhein in hohen Wellen ans Ufer schlug, und so laut war der donnernde Knall, dass den Menschen in

Bonn die Ohren pfiffen, als wenn eine Trillerpfeife hineingeflogen wäre. Drei Tage lang mussten sie ihre Ohren mit Salbe zuschmieren und mit einem dicken Verband um den Kopf herumlaufen, bis es in ihnen endlich wieder still wurde.

Nur der Kaiser blieb zum Glück unverletzt. Er schlief schon längst in seinem goldenen Himmelbett und hatte seine weiße, dicke Schlafmütze mit den bunten Edelsteinen tief über beide Ohren gezogen.

Am nächsten Tag verkündete der Bürgermeister: ‚Nie wieder dürfen die Kanonen des Kaisers gezündet werden!'"

„Nie wieder, nie wieder", murmeln die Laternenmänner im Chor und weichen zurück vor diesen Teufelskanonen, die sie jetzt mit Unbehagen betrachten.

„Wer hätte das gedacht?" flüstern sie einander zu, „so ein Böllerschuss kann vielleicht auch unsere Laternen umpusten", und alle sind froh, als Gustav mit ihnen diesen unheimlichen Ort wieder verlässt.

Auf dem Weg zum Rathaus bemerkt niemand, dass Krake allein zurück geblieben ist. Böse starrt er hinter den anderen her.

„Sie vermissen mich nicht einmal", knurrt er zornig, „alles dreht sich immer nur um diesen neunmalklugen Gustav und seine vorwitzige, bissige Maus. Keiner nimmt mich freundlich an die Hand und fragt einmal, wie es meinem kranken Fuß geht. Für diese Missachtung werde ich sie jetzt alle tüchtig bestrafen.“

Kaum sind die Laternenmänner um die Ecke verschwunden, beginnt Krake hastig, in Mülleimern zu wühlen, bis er findet, wonach er sucht – eine fast leere Streichholzschachtel. Gleich zwei neue Zündhölzer sind noch darin.

„Hi, hi, hi, das wird ein doppelt lauter Spaß, sollen ihnen doch die Ohren wegfliegen, ich halte meine Lauscher zur rechten Zeit mit beiden Händen fest.“

Er beugt sich über eine Kanone. Seine langen Finger haben Mühe, die kleinen Hölzer zu halten, die Schachtel fällt auf den Boden. Als er sich danach bückt, bleibt sein Hut oben in der Baumkrone hängen, ohne dass er es bemerkt.

‚*Ratsch*‘, entzündet er die Hölzer an der Schachtel. Als Feuerflämmchen emporspringen, schiebt er die brennenden Hölzchen so tief in das Zündloch hinein, dass die Spitze seines Zeigefingers rabenschwarz verbrennt.

Nur drei Sekunden vergehen, da fährt mit Donnergetöse ein ohrenbetäubender Knall aus dem Rohr und weckt die ganze Stadt. Fensterscheiben zerspringen, Dachziegel fliegen durch die Luft, Menschen irren im Nachthemd durch die Straßen und halten sich die Ohren zu. Sogar das Alte Rathaus schüttelt sich wie ein Wackelpudding, und die Laternenmänner klammern sich mit ihren langen

Beinen fest an das Dach, während ihre Hände ängstlich die Zauberhüte auf dem Kopf festhalten. Lisa wird von Gustavs Schulter gerissen und landet im Marktbrunnen. Strampelnd piepst sie um Hilfe, bis der Riese sie aus dem Wasser fischt.

„Das war Krake", sagt er, „dafür werden wir ihn bestrafen."

Ein Knopf sagt: Nein!

Was ist am Alten Zoll geschehen?

Kaum hat das Feuer das Schießpulver im Kanonenrohr gierig aufgefressen, da fährt ein feuriger Wirbelwind vorne aus dem Rohr heraus, packt den Bösewicht, der sich leichtsinnig darüber beugt, am Schopf und schießt ihn über den Rhein.

Wie eine Rakete zischt Krake durch die Luft, geradewegs auf die Beueler Kirche Sankt Joseph zu. Schlau, wie er ist, breitet er im letzten Moment beide Arme aus und erwischt den mächtigen Turm. *Wumm!* Mit Karacho donnert er dagegen, so dass ihm Hören und Sehen vergeht, aber das ist ihm tausendmal lieber als immer weiterzufliegen und nicht zu wissen, wann er vom Himmel wieder herunterfällt.

Schnaufend hängt er da, lehnt den Kopf an die Uhr und wartet mit geschlossenen Augen, bis der Schwindel in seinem Kopf endlich stillsteht. Dann blickt er wütend zum Alten Zoll hinüber.

„Du dumme Kanone!“ ruft er, und das Wasser trägt seinen zornigen Schrei wie ein Echo durch die Stadt: „Dumme Kanone, dumme Kanone...“

Krake wirft einen Blick auf die Turmuhr, die neben seinem

rechten Ohr tickt.

„Oh, schon halb drei“, stellt er fest, „hier darf ich nicht lange herumhängen, also dalli hopp, schnell zurück zu meiner Laterne!“ Er hangelt sich geschickt vom hohen Turm hinunter und macht sich auf den Weg. Zufrieden stakst er über die Kennedybrücke, denn er ist mächtig stolz auf sich, weil sein böser Streich so vortrefflich gelungen ist. Je näher er dem anderen Ufer kommt, umso schärfer beißt der Geruch von Feuer und Qualm in seiner Nase, und seine Augen brennen, als hätte er Fieber. Am Opernhaus klatscht er vor Begeisterung in die Hände, weil eine große Fensterscheibe zerborsten ist, und auf seinem Weg über die Allee stolpert er zufrieden über Dachziegel und Steine, bemerkt sogar Haustüren, die durch den Druck der Explosion aus den Angeln gehoben wurden.

„Endlich habe ich allen einmal gezeigt, wer hier der Boss ist“, murmelt er selbstgefällig, „ in Zukunft werden sich die Laternenmänner vor mir in Acht nehmen.“

Wahrscheinlich sind sie längst schlotternd vor Angst in ihre Laternen geflüchtet, denkt er, oder aber – und bei diesem Gedanken wird ihm komisch zumute – sie haben sich gleich auf die Suche nach mir gemacht, denn nur mir und keinem anderen trauen sie diese Tat zu. Wenn sie mich finden, werden sie mich bestrafen, dafür wird der gute Gustav schon sorgen, das weiß ich genau. Also ist es das Klügste, für eine Weile zu verschwinden.

Krake ist im Grunde seines Herzens feige. Er will sich nicht eingestehen, dass die Furcht wie ein schleimiges, ekliges Tier seinen Rücken hinaufkriecht bis in den Nacken und von dort weiter in den Kopf. Jetzt beginnt er zu laufen und ist froh, als er von fern seine Laterne sieht. In ihr ist er sicher, ein besseres Versteck gibt es in Bonn nicht, denn seine Laterne an der Adenauerallee wird vom schwarzen Konrad bewacht, und mit ihm versteht er sich gut.

Konrad ist steinalt, seine Arme und Beine sind schon in die Erde gesunken, nur sein Kopf schaut noch heraus. Von Tag zu Tag wird er schwärzer, weil niemand sein Gesicht mit Seife wäscht, aber das ist ihm egal, hat er gesagt. Dieser schlaue Fuchs sieht und hört alles, was in Bonn passiert. Manchmal halten sie ein Schwätzchen miteinander, aber dafür hat Krake heute weder Zeit noch Lust.

Außer Puste kommt er bei seiner Laterne an. Mit gehetztem Blick nickt er Konrad zu und drückt auf seinen schwarzen Knopf. Schrumpfen und verschwinden will er, nichts hören, nichts sehen, nichts reden, nur schlafen. Die anderen Laternenmänner sollen ihm gestohlen bleiben, er wird so lange in seiner Laterne bleiben, bis sie alles vergessen haben und ihm keine dummen Fragen mehr stellen.

Doch, was ist das? So fest Krake auch seinen schwarzen Knopf drückt, ihn schließlich mit beiden Händen zusammenpresst, er wird nicht

klein, die Luft fährt nicht aus ihm heraus – er bleibt ein Riese.

„Sei nicht bockig", schimpft er mit dem Knopf, „tu, was ich dir sage: Luft raus!", und er knufft ihn ärgerlich mit der Faust.

„Nein!" blökt der schwarze Knopf wie eine Kuh.

„Nein! Nein! Nein! Du bleibst jetzt groß, du wirst nicht klein."

Krake steht starr vor Schreck, der Knopf verweigert ihm den Gehorsam. Knirschend verdreht Konrad seinen Kopf, er kann kaum glauben, was er da sieht. So etwas hat er noch nie erlebt: Der Knopf spricht und tut nicht, was sein Herr ihm befiehlt.

Der Alte mit den vielen Falten sieht die Not des Laternenmannes und bedauert ihn.

„Oh weh, oh weh, du armer Tropf
hast keinen Zauber mehr im Knopf?
Warst du denn böse heute Nacht?
Hast du vielleicht den Lärm gemacht?
Hast du uns alle aufgeweckt?
Hast du uns alle so erschreckt?"

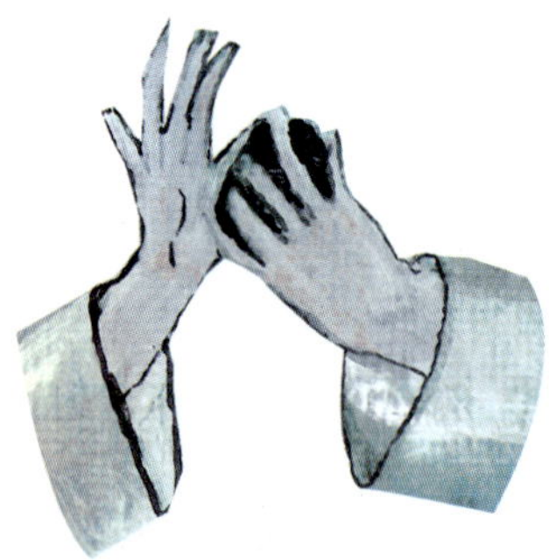

Der Riese kratzt sich unwillig am Kopf. „Ach, Konrad, was du immer alles wissen willst. So viele Fragen auf einmal kann keiner beantworten. Sag mir lieber, was soll ich mit diesem störrischen

Knopf anstellen?“
Konrad schüttelt den Kopf, er zieht einen Arm aus der Erde und zeigt auf Krakes Laterne.

„Mein Jung', da kommst du heut‘ nicht rein,
du bist zu groß, dein Haus zu klein.
Dein schwarzer Knopf hat schlechte Laune,
worüber ich ein bisschen staune.
Was hast du wieder angestellt?
Erst wackelt heut' die ganze Welt,
dann stinkt und qualmt es überall,
am schlimmsten war der Donnerschall.“

Krake hält sich ärgerlich die Ohren zu und stampft mit dem Fuß auf. Wenn Konrad ihm schon keinen guten Rat geben kann, soll er auch nicht an ihm herummäkeln. Da schlägt die Glocke dreimal, schon dämmert der Morgen. Der Bösewicht erschrickt und flüchtet, ohne Konrad Tschüss zu sagen, zum Rheinufer. Dort verkriecht er sich in ein dichtes Gebüsch, rollt sich zusammen, so klein es nur geht, und schläft erschöpft ein.

Das törichte Mäuschen

In der folgenden Nacht suchen die Laternenmänner den Bösewicht fieberhaft in der ganzen Stadt. Schließlich hören sie ihn am Ufer schnarchen und finden Krake in tiefem Schlaf. Schweigend umringen sie ihn. Gustav gibt ihm einen leichten Stoß mit dem Fuß, und Krake fährt erschrocken hoch.

„Was wollt ihr? Lasst mich in Ruhe! Verschwiwiwi-windet!" stottert er.

„Schweig still!" fährt ihn Gustav an. „Du hast die Kanone gezündet. Du hast die Menschen erschreckt und ihre Häuser zerstört. Alle jammern Stein und Bein, weil ihre Ohren pfeifen."

„Was geht mich das an?" stößt Krake hervor, „ich habe nichts damit zu tun."

„Du lügst", sagt Gustav, „sieh deine rechte Hand, sie ist schwarz vom Rauch, und die Spitze deines Zeigefingers ist verbrannt."

Zu spät verbirgt der Böse seine Hand hinter dem Rücken. Gustav gibt den anderen ein Zeichen. „Fesselt ihn!"

Die Laternenmänner stürzen sich auf Krake und binden ihn mit langen Stricken. Er wehrt sich, beißt ihnen in die Hände und zerkratzt ihre Arme.
„Werft ihn von der Kennedybrücke hinunter in den Rhein“, befiehlt Gustav, „der Fluss soll ihn nach Köln tragen.“ Da beginnt Krake zu zetern und zu schreien.
„Hilfe, nein, nicht ins Wasser, ich habe Angst vor tiefem Wasser, da lauern gefährliche Strudel, schwimmen kann ich auch nicht, und nach Köln will ich auf keinen Fall, bitte gebt mir eine andere Strafe.“
Gustav streicht nachdenklich über sein Kinn, und schon kommt ihm eine viel bessere Idee, seine Hand weist zur Kirche hinüber. Also ziehen und schupsen die Laternenmänner ihren Gefangenen durch die schlafende Stadt. Auf dem Münsterplatz angekommen, zeigt Gustav auf den Pranger, die alte Steinsäule, die vor der Basilika steht.
„Bindet ihn an diesen Schandpfahl“, befiehlt er, „dort haben schon viele Menschen gestanden, die sich für eine schlechte Tat schämen mussten. Wenn es hell wird, sollen alle Bürger von Bonn den Bösewicht sehen, der Angst und Schrecken über diese Stadt gebracht hat.“
Ziemlich ratlos stehen die Laternenmänner vor der Säule, weil sie so klein ist und Krake so groß. „Ihr könnt nur seine

Beine festbinden", sagt Gustav, und sie machen sich emsig an die Arbeit. Fünfzehnmal wickeln sie das Seil von den Knöcheln bis zu den Knien und schlingen dicke Knoten. Zum Schluss fesseln sie noch seine Hände auf dem Rücken, damit er sich nicht selbst befreien kann. Schon schlägt die Kirchturmglocke dreimal. Eilig laufen sie in alle Richtungen davon.

Die Maus Lisa hat sich in Beethovens Blumenbeet versteckt. Jetzt reckt sie ihr Köpfchen aus den fleißigen Lieschen und beobachtet Krake aus sicherer Entfernung.

Er schimpft und tobt, biegt sich und zerrt mit aller Kraft an seinen Stricken. Stark ist er, und heute ist er noch stärker als sonst, weil er so schrecklich wütend ist, aber die Stricke geben nicht nach. Da sieht er aus den Augenwinkeln, dass er nicht allein ist, er entdeckt Lisa im Blumenbeet.

„Komm näher, liebe, kleine Maus", lockt er sie, „komm her zu mir, wir wollen uns ein wenig unterhalten."

Doch Lisa hört noch eine zweite Stimme, sie ist direkt über ihr.

„Halte dich von ihm fern, Lisa", warnt Beethoven leise, „Krake führt nichts Gutes im Schilde." Doch Lisas Neugier ist größer als ihre Angst. Vorsichtig krabbelt sie zum Schandpfahl.

„Krake, warum zauberst du dich nicht unsichtbar?" fragt sie, „dann sieht dich keiner, wenn es hell wird, und du musst dich nicht vor den

Menschen fürchten."

Krake lacht. „Du bist wirklich eine kluge Maus", schmeichelt er, „ich will gerne auf deinen Rat hören, aber sieh nur, sie haben meine Hände gefesselt, darum kann ich meinen Hut nicht berühren. Willst du das für mich tun, schönes Mäuschen?"

Lisa betrachtet ihn aufmerksam von unten bis oben.

„Krake", meint sie verwundert, „wo ist er denn, dein Zauberhut? Ich sehe ihn nicht."

Der Laternenmann wackelt ungläubig mit dem Kopf hin und her. Tatsächlich! Er kann nur seine Haare schütteln, aber sein Hut ist fort. Der Riese erschrickt fürchterlich, aber schon kommt ihm eine rettende Idee. Er will das Herz der kleinen Maus rühren. In weinerlichem Singsang beginnt er zu klagen:

„Oh weh, oh weh, ich armer Tropf,
mir fehlt der Hut auf meinem Kopf.
Vielleicht liegt er bei den Kanonen,
das Suchen wird sich für mich lohnen."

„Du kannst deinen Hut aber nicht suchen, denn du kannst dich ja nicht von der Stelle rühren", stellt Lisa fest, „deine Füße sind am Pranger festgebunden."

Da beugt sich der Laternenmann zur Maus hinunter. Sein böses Auge schaut ganz lieb, sein schmaler Mund lächelt freundlich.

„Ach, schlaues Mäuslein, so hilf mir doch mit deinen scharfen Knabberzähnchen, sie sind so lang und weiß und spitz, wie ich noch keine sah."

Lisa glüht vor Freude, als sie diese Schmeicheleien hört. Nur einen kurzen Moment zögert sie und schaut zu Beethoven hinüber. Der Musiker schüttelt abwehrend den Kopf und hebt beschwörend beide Hände.

„Krake will nur seinen Hut holen, er kommt gleich wieder", ruft sie ihm zu.

Und schon klettert die Maus auf Krakes Schuhe, dann ein Stück das Hosenbein hinauf und beginnt mit Eifer, die dicken Stricke zu zerknabbern. Sie sind viel härter und fester, als Lisa vermutet hat, und ihre Zähne müssen tüchtig nagen, feilen, sägen und beißen. Sie ächzt und stöhnt, es schwindelt ihr vor Anstrengung. Immer wieder muss sie verschnaufen.

„Schön machst du das, sehr schön, nur weiter so", feuert Krake das dumme Mäuschen an, und endlich hat sie es tatsächlich geschafft, die Fessel lockert sich. Stolz schaut Lisa nach oben, dem Riesen ins Gesicht.

„Jetzt bist du frei", keucht sie atemlos und wartet auf ein Lob.

Da funkelt sein Auge plötzlich wieder böse, und im gleichen Moment hebt der Riese den Fuß, schüttelt Lisa vom Bein herunter und tritt nach ihr. Die entsetzte Maus kann seinem Schuh gerade noch entwischen. Angstvoll piepsend jagt sie davon, so schnell, wie noch nie eine Maus in Bonn gelaufen ist, und er verfolgt sie mit harten Schritten.
„Halt, Krake!" ruft da die mächtige Stimme Beethovens, „schämen sollst du dich, du Satansbraten, verschwinde endlich aus unserer Stadt."
Starr vor Schreck bleibt Krake vor dem Denkmal stehen. Schon lange fürchtet er sich insgeheim vor Beethoven, besonders vor seiner spitzen Zauberfeder, die er immer schussbereit in seiner rechten Hand hält. Wie lange mag er jetzt schon wach sein? Was hat er beobachtet? Krake beugt sich hinunter, um Beethoven prüfend ins Gesicht zu sehen, da trifft ihn ein verächtlicher, grimmiger Blick. Ja, der Musiker hat ihn durchschaut, er weiß, wie schwarz sein Herz ist. Jetzt hebt er den rechten Arm. Will er seine Feder wie einen Pfeil gegen Krakes Brust schleudern und ihn, den starken Riesen, in ein winziges Kaninchen verzaubern? Die Hände abwehrend erhoben, die Augen angstvoll verdreht, weicht Krake zitternd zurück. Schritt für Schritt entfernt er sich, bis er mit einem jähen Sprung sich wendet und davonstürzt, als wenn ein Rudel hungriger Wölfe ihm auf den Fersen sei.

Verlegen kommt das Mäuschen zum Denkmal geschlichen, sie wagt kaum, nach oben zu schauen, denn sie hört Beethoven schnauben vor Zorn.
„Ich schäme mich so sehr“, piepst sie, „ich hätte auf dich hören sollen, Beethoven, denn du bist schlau, Krake ist böse, und ich bin dumm.“
Da lacht der große Mann schon wieder. „Lisa, hör gut zu, was ich dir sage: Jeder von uns ist ein bisschen schlau, ein bisschen böse und ein bisschen dumm.“

Komm her! Komm her!

Schon von weitem entdeckt Krake seinen Hut. Er hängt in den Ästen des höchsten Baumes am Alten Zoll. Erleichtert eilt er darauf zu. Doch seine Freude währt nur kurz, denn als er seinen Arm danach ausstrecken will, merkt er, dass seine Hände ja noch immer auf dem Rücken gefesselt sind. Verzweifelt hüpft er unter dem Hut in die Höhe, stellt sich auf die Zehenspitzen, drückt seinen Kopf in die Äste des Baumes und schüttelt und rüttelt ihn, dass es kracht und knackt. Blätter und Zweige wirbeln durch die Luft, aber der Baum hält den Hut so fest, als wolle er ihn nie wieder hergeben.

Vom nächtlichen Lärm angelockt, kommen drei Polizisten mit gezückten Pistolen um die Ecke geflitzt. Sie stürmen hinauf zu den Kanonen. Krake muss verschwinden und den Hut zurücklassen. Doch wohin soll er fliehen? Er hat keine Wahl, es gibt nur einen einzigen Fluchtweg. Mutig springt er über die Mauer und rutscht und rollt in Purzelbäumen die steile Wand zum Rheinufer hinunter. Wirr im Kopf landet er mitten auf der Straße, und gerade in dem Moment geht hinter den sieben Bergen die Sonne auf. Ängstlich schaut er sich um, wo soll er sich verstecken? Plötzlich lauscht er gespannt, ein Ruf dringt an sein Ohr. „Komm her! Komm her!" vernimmt er eine zarte Stimme und hebt suchend den Kopf. Aus der Ferne winkt ihm ein Fähnchen von einem hohen, alten Turm. Das ist meine Rettung, denkt er erleichtert, endlich meint es jemand gut mit mir. Humpelnd stakst er immer schneller am Ufer entlang, sein Auge wie gebannt auf das Fähnchen gerichtet, und gelangt zur Godesburg.

Bald steht er vor dem dicken, steinernen Turm und hört nun laut und deutlich die freundliche Einladung: „Komm her! Komm her!" So ein Glück! Sein Herz wird warm vor Freude.

„Ein besseres Versteck hätte ich nie finden können", murmelt er und quetscht sich durch die niedrige Tür. Er schafft es sogar, den Schlüssel von innen mit zwei Fingern umzudrehen, obgleich seine Hände noch immer auf dem Rücken festgebunden sind. Mühsam windet er sich die enge, steile Treppe hinauf, denn er will sich zu allererst bei dem Fähnchen auf dem Dach bedanken.

Als sein Kopf oben herausschaut, macht er sein schönstes Gesicht. Die Fahne hat ihn gleich bemerkt, aber sie beachtet ihn nicht. Hochmütig flattert sie in eine andere Richtung und schweigt.

„Danke, dass du mich gerufen hast“, stößt Krake mit rauer Stimme hervor, „ohne dich hätte ich diesen Turm niemals gefunden.“ Jetzt sieht ihn die Fahne streng an und spricht in ärgerlichem Ton.

„Ich rufe allen Menschen zu: Komm her! Komm her! Doch mit dir, du böser Laternenmann, will ich nichts zu schaffen haben. Deine Schandtaten habe ich alle beobachtet. Du willst dich bei mir nur verstecken, um deiner gerechten Strafe zu entgehen.“

Krake zuckt zusammen und zieht erschrocken den Kopf ein, nur sein Auge schaut noch unsicher heraus.

„Gib mir bitte Zuflucht für einen Tag und eine Nacht“, bettelt er.

„Gut, einen Tag und eine Nacht darfst du bleiben“, antwortet die Fahne, „dann musst du meinen Turm wieder verlassen.“

Kleinlaut kriecht der Riese in sein dunkles Versteck zurück, die Fahne hört sein Klagelied:

„Was wird mir Böses noch geschehen?
Wohin soll ich alleine gehen?
Die Menschen werden mich verjagen.

Mir hilft kein Jammern und kein Klagen.
Die Riesen suchen überall,
sie finden mich auf jeden Fall.
Ich habe Angst, bin ohne Mut,
mir fehlt mein schwarzer Zauberhut."

Eine harte Strafe

In der folgenden Nacht eilen alle Laternenmänner zuerst auf den Münsterplatz. Sie wollen wissen, wie es Krake am Pranger ergangen ist, doch zu ihrer großen Verwunderung steht da niemand mehr. Der Bösewicht ist spurlos verschwunden, nur der zerfetzte Strick hängt noch an der Säule. Fassungslos schauen sie sich an.

„Wie konnte das geschehen?“ fragen sie.

„Wir hatten fünfzehn feste Knoten gebunden.“

„Wie konnte er sich von diesen Fesseln befreien?“

„Wo steckt er nun?“

Kopfschüttelnd begeben sie sich zum Rathaus. Als Letzter taucht Gustav auf, er kommt allein, mit langen Schritten und ernstem Gesicht.

„Heute hat Lisa zum ersten Mal nicht auf mich gewartet“, berichtet er, „ich mache mir große Sorgen um die kleine Maus und habe sie in der ganzen Stadt vergeblich gesucht. Ihr habt sicher auch schon gesehen, dass Krake nicht mehr am Pranger steht. Das ist kein gutes Zeichen, hoffentlich ist Lisa kein

Unglück geschehen.“

„Hoffentlich ist Lisa kein Unglück geschehen“, wiederholen die Freunde bestürzt.

Plötzlich kommt die Maus um die Ecke getrippelt, alle atmen erleichtert auf.

„Gustav, bitte hol mich nach oben“, ruft sie hinauf, „ich habe euch viel zu erzählen.“

Kaum sitzt sie auf seiner Schulter, da plappert sie los.

„Zuerst war ich ein dummes Mäuschen“, gesteht sie kleinlaut, „ich habe Krake geholfen, seine Füße zu befreien. *‚Ritsch-Ratsch‘* haben meine Zähnchen gemacht, denn er war lieb zu mir. Er tat mir auch leid, und ich dachte, er wollte wirklich nur seinen Zauberhut holen. Doch kaum hatte ich die dicken Stricke zerbissen, da wurde er wieder böse und wollte mich sogar treten. Ich habe vor Angst gequietscht wie ein Schweinchen, und davon ist Beethoven hochgeschreckt. Der hat dann tüchtig mit Krake geschimpft. Satansbraten hat er ihn genannt, das hat mir gut gefallen, das Wort hatte ich noch nie gehört, ich kenne ja nur Gänsebraten. Krake ist jedenfalls weggelaufen, als wenn er große Angst vor Beethoven hätte, und ich bin neugierig hinter ihm hergeschlichen. Sein Hut hing hoch oben in einem Baum am Alten Zoll. Aber der Baum wollte den schönen Zylinder nicht wieder hergeben, so sehr Krake ihn auch geschüttelt hat. Dann kamen drei Polizisten, und Krake ist ohne seinen Hut über die Mauer gesprungen. Die Polizisten haben mit dem Handy telefoniert, und bald kam ein Kranwagen, damit haben sie den Zylinder aus dem Baum geborgen und ins Rathaus gebracht. Dort steht er nun auf dem Schreibtisch des Bürgermeisters."

Lisas Stimme ist heiser geworden. So viel hat sie noch nie erzählt, und noch nie hat ihr jemand so aufmerksam zugehört.

„Wir werden Krake suchen, er muss die Stadt Bonn verlassen", sagt Gustav, „lasst uns auf den Posttower klettern, von dort oben werden wir ihn ausfindig machen." Die Laternenmänner nicken zustimmend und rutschen hinunter auf den Marktplatz. Als Gustav am Fenster des Bürgermeisterzimmers vorbeigleitet, sieht er Krakes Hut. Er öffnet das Fenster, ergreift lautlos den Zylinder und stülpt ihn über seinen eigenen Hut. Dann stakst er hinter den anderen her.

Am Posttower angekommen, klettern die Laternenmänner mit Leichtigkeit durch den schmalen Spalt in der Mitte zum Dach hinauf. Dort oben empfängt sie ein heftiger Wind, sie drücken die Zylinder tief in die Stirn und halten sich am Geländer fest.

Klein wie eine Spielzeugstadt liegt Bonn unter ihnen, der Rhein schimmert im Mondenschein, und die Sieben Berge ragen düster und geheimnisvoll in den Himmel. Langsam dreht sich jeder im Kreis, mit größter Aufmerksamkeit wandern ihre

Augen hin und her, jede Bewegung, jeder Schatten könnte den Flüchtling verraten. Doch sie entdecken nichts.

„Wenn er sich drüben, auf der ‚schäl Sick', in den Wäldern versteckt, werden wir ihn nie finden", meint Eric. Gerade in diesem Augenblick reckt sich auf der Godesburg ein Kopf aus dem Turm.

„Krake!" schreit Gustav, sein Arm zeigt zur Burg, und alle folgen seinem Blick. Ja, da ist er, der Laternenmann ohne Hut. Jetzt wissen sie, wo sie ihn finden können.

Sofort machen sie sich auf den Weg, und mit ihren langen Beinen haben sie die Godesburg schnell erreicht. Schweigend stellen sie sich in einem dichten Kreis um den Turm. Nun gibt es für Krake kein Entkommen mehr. Gustav rüttelt an der verschlossenen Eingangstür.

„Komm heraus, Krake, wir wissen, dass du dich im Turm verbirgst."

Ein meckerndes Lachen ist die Antwort. „Da könnt ihr lange warten."

„Krake, ich ermahne dich nur noch ein einziges Mal", sagt Gustav ruhig, „verlasse sofort diesen Turm, sonst werden wir ihn umstürzen."

Die Laternenmänner warten gespannt, im Turm ist es mucks-

mäuschenstill. Gustav zählt laut bis zehn, dann gibt er seinen Freunden ein Zeichen. Die Laternenmänner stemmen ihre starken Hände gegen die Mauer und drücken mit aller Kraft. Langsam beginnt der alte Turm zu wanken und zu schwanken – hin und her, hin und her. Es kracht und knackt, der Turm ächzt und stöhnt, Steinbrocken brechen aus der Mauer und poltern zu Boden. Plötzlich hören sie aus dem Dunkel des Turms einen Schrei.

„Haltet an! Hört auf! Ich komme heraus!"

Sofort lassen die Riesen ihre Hände sinken, Steinchen und Mörtel rieseln noch leise zur Erde, und der Turm zittert ein letztes Mal, als sei er erschrocken über das, was ihm soeben geschehen ist – dann steht er still. Kein Laut ist zu hören, selbst der Wind scheint den Atem anzuhalten. Die Fahne hängt schlaff und stumm herab. Alle Blicke sind auf die Tür gerichtet, die sich widerstrebend mit lautem Knarren öffnet, und auf allen Vieren kriecht Krake heraus. Steif geworden in seinem engen Gefängnis, richtet er sich mühsam auf, stützt sich schwer gegen die Mauer, als er ein Bein neben das andere stellt und schüttelt zornig seine Zottelhaare. Ungläubig starren ihn die Laternenmänner an, sie sind entsetzt, ihn so zu sehen. Seine schwarze Hose ist schmutzig, am Knie klafft ein Loch, das schöne, weiße Hemd ist von Spinnweben bedeckt, der Kragen zerrissen, Staub liegt auf seinem Haar, und über seine linke Wange krabbelt langsam eine dicke, fette Spinne.

Gustav tritt an Krake heran. „Sieh mich an, Laternenmann", sagt er sanft, und jeder hört, dass er Mitleid mit ihm hat, aber Krake weicht verstockt seinem Blick aus, senkt den Kopf zur Erde und stampft mit dem Fuß auf.

„Du kannst mir nicht in die Augen sehen, weil du nicht willst, dass ich in dein schwarzes Herz schaue, wo deine bösen Gedanken wohnen", sagt Gustav.

Krakes Blick bleibt grimmig auf den Boden gerichtet.

„Wir müssen für eine Weile voneinander Abschied nehmen", fährt Gustav fort.

„Die Bonner Laternenmänner dulden dich nicht in ihrer Mitte, solange du das Böse mehr liebst als das Gute. Zieh also nach Köln, wo dich niemand kennt, und versuche dort, ein guter Laternenmann zu werden, dann darfst du zu uns zurückkehren."

Krake erwidert kein Wort, nickt auch nicht zustimmend mit dem Kopf, und niemand weiß, was er denkt. Da löst Gustav ihm die Handfesseln und reicht ihm seinen Hut. Schweigend wendet sich Krake ab, schaut keinen seiner

alten Freunde an, gibt keinem die Hand. Nicht das kleinste Wort der Reue kommt über seine Lippen, er stakst davon, ohne sich noch einmal umzudrehen.

Schweigend schauen sie ihm nach, bis er in der Ferne verschwunden ist.

„Ich bin so traurig“, schluchzt die Maus und wischt sich mit ihrem Pfötchen über die Augen, „Abschied tut weh.“

Gustav beugt sich zu ihr herab, tröstend streichelt sein Zeigefinger ihren kleinen Kopf.

„Jeder kann aus seinen Fehlern lernen, Lisa“, sagt er leise, „auch Krake wird erfahren, dass das Leben viel schöner ist, wenn man ein gutes Herz hat.“

Klein und klug

Krake wandert müde am Uferweg entlang. Am liebsten würde er auf einem der Schiffe mitfahren, die an ihm vorüberziehen, und sich in einen leeren Container verkriechen. Da könnte er endlich schlafen und im Traum alles vergessen. Aber er weiß ja nicht, welches Schiff in Köln anlegt, und er muss vor Sonnenaufgang dort eintreffen und sich eine leere Laterne suchen. Mit kläglichem Gesicht bleibt er stehen und blickt auf Bonn zurück.

„So ein Jammer, sie haben mich aus dieser schönen Stadt verjagt“, schluchzt er plötzlich und beginnt zum ersten Mal in seinem Leben, bitterlich zu weinen.

„Was habe ich nur getan?“ wimmert er. „Warum bin ich so böse? Ich will nicht nach Köln, nur in Bonn will ich bleiben, in meiner Laterne, bei Konrad, dem Alten mit den vielen Falten, und bei meinen Freunden will ich sein, mit ihnen Spaß haben und singen.“

Unschlüssig tritt er von einem Bein auf das andere. Soll er einfach umkehren, mit Unschuldsmiene sich wieder zu ihnen gesellen, als wäre nichts geschehen? Er schüttelt den Kopf,

er weiß genau, das wird nicht funktionieren. Nein, die Bonner Laternenmänner wollen ihn nicht mehr bei sich haben, solange sein Herz schwarz und böse ist.
Also zieht er weiter auf seinem weiten Weg nach Köln mit hängendem Kopf, die Füße schwer wie Blei, als sträubten sie sich, den Weg zu gehen. Krake schaut nur auf den Boden, setzt einen Schritt vor den anderen wie ein Automat.
„Halt!" ruft plötzlich eine hohe Stimme. Erschrocken bleibt Krake stehen und hebt die Augen. Der Uferweg ist hier zu Ende, er steht dicht vor einer hohen Mauer aus hellen Steinen. Noch ein einziger Schritt, und er wäre mit seinem Kopf hart gegen die Wand geprallt. Krake taumelt zurück, schaut sich verwundert um und erkennt schnell, wo er sich befindet. Er steht vor einem mächtigen Pfeiler der Kennedybrücke. Doch wer hat „Halt!" gerufen, wer hat ihn im rechten Moment gewarnt, damit er sich keine Beule schlug?
„Dadada-danke", stottert er, ohne jemanden zu sehen, als ein meckerndes Lachen seinen Blick zur Seite lenkt. Ein Männlein, winzig klein, klammert sich wie ein Äffchen hoch oben an eine Ecke des Brückenpfeilers, streckt feixend seine Zunge heraus und reckt sein Hinterteil den Schiffen entgegen.
„Hast du keine Augen im Kopf, Riesentier?" kichert es und

lacht spitzbübisch.
„Ich war in traurige Gedanken vertieft“, entschuldigt sich Krake, „darum habe ich nicht auf den Weg geachtet.“
„So, so, du führst deine traurigen Gedanken spazieren wie kleine Hündchen an einer Leine? Wie kann man nur so dumm sein? Traurige Gedanken muss man verjagen, weißt du das nicht? Ich kann dir dabei helfen, wenn du es möchtest. Ich bin das Bonner Brückenmännchen und weiß immer guten Rat, also sag schon, Riesentier, wo drückt dich der Schuh?“
„Mir kann keiner helfen, auch du nicht, denn ich habe ein schwarzes, böses Herz“, gesteht Krake und schlägt die Hände vors Gesicht, weil er sich schämt vor dem kleinen Wicht.
„Wie böse bist du denn? Erzähl mir, was hast du verbrochen?“ will der Kleine wissen, und seine Augen springen ihm vor Neugier fast aus dem Kopf.
„Ich habe die Kanonen des Kaisers gezündet“, flüstert Krake so leise, dass der Zwerg ihn kaum versteht.
„Duuu warst das, Riesentier?“ empört sich nun das Brückenmännchen. „Duuu hast meine Brücke zum Schwingen gebracht? Wie eine Schiffschaukel ist sie hin und her geflogen. Weißt du, dass ich ins Wasser geplumpst bin und fast ertrunken wäre? Nur ein Stück Treibholz hat mich gerettet.“

Krake starrt das Männchen voller Entsetzen an. „Bist du jetzt auch böse auf mich?“ fragt er kleinlaut.

Da lacht der Schelm schon wieder und streckt ihm die Zunge heraus. „Papperlapapp“, ruft er, „vorbei ist vorbei, aber dein Herz scheint wirklich rabenschwarz zu sein, Riesentier, für dich muss ich mir etwas Besonderes einfallen lassen. Ich muss gründlich nachdenken, wie wir das in Ordnung bringen können. Also Ruhe jetzt! Schluss mit dem Gejammer! Keinen Ton will ich von dir hören.

Krake nickt und presst eine Hand auf den Mund. Das Brückenmännchen kratzt sich am Kopf, zupft an seiner Nase und bohrt in den Ohren, dabei brummt es wie ein uraltes Auto, das einen steilen Berg hinauf ächzt.

Je länger das Gezappel andauert, umso verächtlicher wird Krakes Miene. Was soll bei diesem Unfug herauskommen? denkt er. Nachdenken sieht anders aus, dieser kleine Angeber kann nichts, er hat nichts und er weiß nichts, mit ihm verliere ich nur meine Zeit.

Da hält der Zappelphilipp plötzlich inne und betrachtet ihn mit großen Augen. „Riesentier“, sagt er entgeistert, „dein Gesicht schaut mich gerade bitterböse an, so böse, dass mir angst und bange wird, ich glaube, dein Herz ist noch schwärzer als rabenschwarz, es ist sogar pechschwarz.“

Krake fühlt sich ertappt und verzieht den Mund zu einem verlegenen Grinsen.

„Lass das, jetzt versuchst du, mich zu täuschen", tadelt der kluge Wicht, der ihn durchschaut.

„Was soll ich denn tun, zum Donnerwetter?" braust Krake auf und stampft unwillig mit den Füßen.

„Schimpfen hilft dir gar nichts, Riesentier", antwortet das Brückenmännchen seelenruhig, „ich weiß jetzt, wie man dir helfen kann, und wenn du dich gut benimmst und nicht länger wie Rumpelstilzchen hier herumtanzt, dann werde ich dir mein Rezept verraten."

Sofort bleibt Krake brav stehen, beugt sich vor und spitzt die Ohren.

„Du musst in den Fluss steigen bis in die Mitte zur tiefsten Stelle, wo nur noch dein Kopf herausschaut, und dort musst du ausharren, bis der Rhein alle schwarze Farbe von deinem bösen Herzen abgewaschen hat."

Krake wird bleich, vor Angst beginnen Arme und Beine zu schlottern, er starrt in die dunklen Fluten und schüttelt heftig abwehrend den Kopf.

„Ich kann nicht tief ins Wasser steigen, ich fürchte mich vor Wasser", stößt er hervor, „nur bis zu den Knien wage ich mich hinein."

Überrascht betrachtet ihn der Winzling. „Das hätte ich nicht von dir

gedacht, dass so ein Riesentier eine Bangbuxe ist“, meint er enttäuscht.
„Nenn mich nicht immer Riesentier“, mault Krake und fügt stolz hinzu, „ich bin ein Bonner Laternenmann.“
„Oh, ein Laternenmann!“ staunt das Brückenmännchen, zieht eilig seine Mütze vom Kopf und verneigt sich mit übertriebener Höflichkeit.
„Ich bitte vielmals um Entschuldigung, Laternenmann, und stehe gern zu euren Diensten.“ Das lässt Krake sich nicht zweimal sagen.
„Dann nehme ich dich gleich beim Wort, Brückenmännchen“, erwidert er, „wenn es keine andere Rettung für mich gibt, dann steh mir bei, meine Angst zu bekämpfen, und begleite mich bitte ins tiefe Wasser hinein.“
Sofort stülpt sich das Männchen wieder die Mütze über den Kopf, streckt sich und springt mit einem kühnen Satz auf Krakes Schulter. Erst jetzt merkt es, dass der Riese tatsächlich vor Angst zittert wie Espenlaub, aber er scheint dennoch fest entschlossen, diese Mutprobe zu wagen und schwingt sich schon über das Geländer. Als jedoch am Ufer die erste kleine Welle über seine schwarzen Schuhe schwappt, weicht er entsetzt zurück und trippelt wie ein störrisches Pferd auf der Stelle. Schließlich bleibt er stocksteif stehen. „Ich schaffe es nicht“ sagt er entmutigt und lässt den Kopf hängen.
„Wir zwei schaffen es, ich bin doch bei dir“, erwidert das

Brückenmännchen zuversichtlich. „Geh also munter zu, los, hinein mit dir, Laternenmann!“ kommandiert der Kleine den Großen, „schließ beide Augen und setz einen Fuß unbeirrt vor den anderen, ohne dich umzuwenden, bis das Wasser dir bis zum Hals steht.“

Die Zähne zusammengebissen, die Fäuste geballt, watet Krake in die dunklen, schmatzenden Fluten. Als er die Mitte des Flusses erreicht, läuft das Wasser ihm in den Kragen.

„Halt!“ ruft das Brückenmännchen, „hier ist es gut“, und klettert behände auf Krakes Zylinder, weil es nicht nass werden will.

„Wie lange muss ich hier nun stehen?“ fragt der Laternenmann mit erstickter Stimme.

Das Männchen beugt sich vor. „Ich sehe schon viel schwarze Farbe im Wasser, es sieht aus, als hätte jemand einen Eimer Tinte ausgeschüttet“, verkündet es begeistert. „Das Schwarze schwimmt auf und davon und mit ihm alles Böse. Ich sage dir Bescheid, Laternenmann, sobald dein Herz hell und rein ist.“

Krakes kaltes Herz taut auf, er fühlt, wie es warm und immer wärmer wird in seiner Brust, und aus seinem rechten Ohr fliegen alle bösen Gedanken aus seinem Kopf hinaus, während zum linken Ohr freundliche, liebe Gedanken hineinfliegen.

Schon nach 10 Minuten ist das Wasser wieder glasklar. „Geschafft!“ ruft der kleine Helfer, „Laternenmann, jetzt hast du ein

gutes Herz."
Jauchzend vor Glück stakst Krake ans Ufer zurück, er nimmt den Freund vom Zylinder und wirft ihn vor Freude hoch in die Luft. Dann fängt er ihn auf, gibt ihm einen Kuss und drückt ihn an sein Herz.
„Ich danke dir tausendmal, liebes, kleines, kluges Brückenmännchen", sagt er überschwänglich, „du hast mich gerettet, nun kann ich zu meinen Freunden zurückkehren." Doch dann wird er nachdenklich, er sieht an sich herunter, rafft das weiße Hemd hoch und schaut angestrengt auf seine nackte Brust.
„Brückenmännchen, man kann mein gutes Herz ja gar nicht sehen", stellt er traurig fest. Meine Freunde werden nicht glauben, dass es nun hell und rein ist. Bitte begleite mich zurück nach Bonn, sprich du mit Gustav, er ist unser Boss, sag ihm, dass du mit eigenen Augen gesehen hast, wie der Rhein alles Dunkle und Böse von mir fortgetragen hat."
Der Kleine hört aufmerksam zu, er nickt bereitwillig, auch ein zweites Mal will er dem unglücklichen Riesen helfen. Da taucht plötzlich hinter den Sieben Bergen die Sonne auf und blinzelt vom Drachenfels herunter auf die Stadt. Wer steht denn da an der Kennedybrücke? denkt sie verwundert, ich wusste ja gar nicht, dass in Bonn auch Riesen wohnen, den Burschen will ich mir jetzt einmal genau ansehen. Schon schleicht sie mit leisen Schritten über den Himmel.

„Versteck dich, Riesentier, die neugierige Sonne kommt angelaufen“, ruft das Brückenmännchen und krabbelt wie der Blitz seinen Pfeiler empor.

Krake wendet sich um, die Sonne eilt direkt auf ihn zu, sie blendet sein Auge, ihr heißer Atem weht ihm ins Gesicht. Wie gut, dass Gustav ihm seinen Zylinder zurück gegeben hat. Lächelnd berührt seine Hand den Zauberhut. Mit einem Seufzer der Erleichterung sinkt er unsichtbar auf den Boden. Im selben Moment bleibt die Sonne am Himmel stehen und reibt sich verdutzt die Augen. Wo ist der Riese mit dem schwarzen Hut? Futsch? Fort? Verschwunden? Eilig putzt sie ihre Lupe und späht angestrengt hindurch, aber sie entdeckt nur das Brückenmännchen. Der kleine Kobold weiß sicherlich Bescheid, überlegt sie, ich werde ihn nach dem Riesen fragen. Gerade will sie sich zu ihm hinab beugen, da dreht er sich zu ihr um, lacht übermütig und streckt ihr frech sein Hinterteil entgegen. „Schäm dich“, zischt die Sonne und wendet sich empört ab.

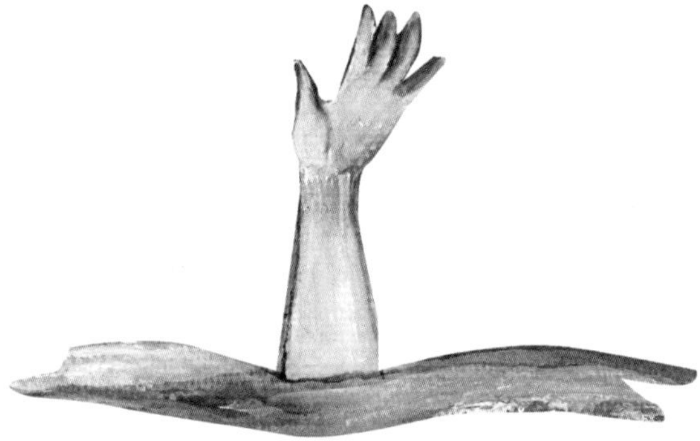

Die Versöhnung

Wie ein Murmeltier schläft Krake den ganzen Tag, obgleich viele Autos donnernd über die Brücke brausen und das helle ‚Klingelingeling' der Straßenbahnen in seinen Ohren kitzelt. Zum ersten Mal in seinem Leben ziehen schöne Träume durch sein gutes Herz und zaubern ein Lächeln auf sein Gesicht.

Als endlich wieder die Nacht gekommen ist und die ganze Stadt im Schlaf versinkt, erwacht der Riese und erinnert sich an alles, was ihm geschehen ist. Sein Finger schnippt an den Zylinder, und im gleichen Moment steht er wieder sichtbar an der Mauer, Krake, der Laternenmann mit der Piratenklappe, der nie mehr böse sein will. Er tritt nahe an das Brückenmännchen heran und betrachtet es liebevoll. Im Schlaf gleicht das runzlige Gesicht einem traurigen Möpschen. Diesem kleinen Kerl hat er alles zu verdanken. Aber jetzt drängt die Zeit, er muss ihn wecken, darum spitzt er seine Lippen und bläst ihm sanft ins Gesicht. Da räkelt sich der Freund und schlägt schlaftrunken die Augen auf.

„Komm, Brückenmännchen", sagt Krake leise, „wir machen jetzt einen Ausflug“, und er hebt ihn auf seine Schulter. Fröhlich pfeifend stapft er los, stürmt immer schneller mit langen Schritten davon, als könne er es kaum erwarten, seine Freunde wiederzusehen.

Sie erreichen den Münsterplatz, mit klopfendem Herzen stellt Krake sich neben Gustavs Laterne und sieht zum Kirchturm hinauf.

„Noch sechs Minuten, Brückenmännchen, dann ist es soweit“, flüstert er aufgeregt, „dann kommt er, und wir werden ihn begrüßen. Aber ich fürchte, dass er bei meinem Anblick sofort ärgerlich wird, du wirst es sehen, wie er die Stirn kraust. Verlier dann keine Zeit und erklär ihm gleich, was mit mir geschehen ist. Sprich langsam und deutlich, auch laut genug, und sieh ihn dabei an. Streck ihm auf keinen Fall die Zunge heraus, so etwas duldet Gustav nicht.“

„Sei unbesorgt, Riesentier, es wird alles gut“, beruhigt ihn der kleine Wicht.

Zur gleichen Zeit verlässt an diesem Abend das Mäuschen Lisa ihr Mauseloch und trippelt, nichts Böses ahnend, vergnügt um die Ecke beim Postamt. Sie erstarrt, kann sich vor Schreck nicht mehr vom Fleck rühren. Was muss sie da sehen? – Ist das ein Gespenst? Oder ist es wirklich und leibhaftig Krake, der Bösewicht? Wie kann er es wagen, auf dem Münsterplatz aufzutauchen? Was macht er neben Gustavs Laterne? Warum klammert sich seine Hand daran fest? Will er sie aus dem Boden reißen oder zerbrechen wie ein Streichholz?

Sie kneift die Augen zusammen, um besser sehen zu können, was sitzt denn da auf seiner Schulter? Eine Maus ist es nicht, weder Katze noch Hund. Eine Zipfelmütze hockt da, darunter zwei listige Augen, die Lisa beobachten, und eine Zunge, die sich ihr dumm entgegen streckt. Lisa duckt sich und flieht im Schatten der Häuser in einem weiten Bogen zu Beethovens Denkmal. Nur der Eiserne kann jetzt noch helfen. Flehentlich geht ihr Blick nach oben. So ein Pech, der Musikus schläft schon wieder, das Kinn tief auf die Brust gesenkt. Soll sie ihn beim Namen rufen? Nein, das geht nicht, Krake könnte sie hören, also muss sie hinaufklettern und direkt in Beethovens Ohr trompeten:

Wach auf, Beethoven, wach auf, Gustav ist in Gefahr!

Entschlossen nimmt sie Anlauf und hüpft auf sein Bein, doch die Pfötchen rutschen ab auf dem glatten Metall, wie ein Sandsäckchen plumpst sie auf die Erde zurück.

„Noch ein Versuch", murmelt sie, „ich brauche einen langen Anlauf, damit ich weit durch die Luft fliege." Sie stellt sich vor den Kaufhof.

„1-2-3", gibt sie sich selbst das Kommando und rast über den Platz, hebt ab und landet mit einem gewaltigen Sprung auf Beethovens

Schulter. Ihr Schnäuzchen wühlt sich durch seine Haare und findet den Weg zu seinem Ohr.

„Aufwachen, Beethoven, aufwachen!“ zischt sie eindringlich und kratzt mit der Pfote fest über sein Kinn. „Aua“, sagt der Meister, hebt seinen Kopf und sieht verwundert die Maus.

„Gustav ist in Gefahr“, flüstert Lisa und bricht in Tränen aus, „Krake lauert an seiner Laterne, er hat wieder Böses im Sinn.“

Ohne eine Sekunde zu zögern, verlässt Beethoven seinen Sockel und tritt dem Laternenmann Krake mit hoch erhobenem Haupt und seiner allerfinstersten Miene entgegen.

„Was willst du hier in Bonn?“ herrscht er den Riesen an, „glaubst du tatsächlich, du hättest schon lang genug für deine Schuld gebüßt?“

Krake bleibt stumm, er starrt voller Angst auf die Zauberfeder und weicht zurück.

Da schlägt die Glocke zwölf, Gustav erscheint. Ruck Zuck, so schnell wie noch nie, steht er in voller Größe da, als hätte er geahnt, dass heute etwas Ungewöhnliches geschehen ist. Er sieht den alten Freund vor dem Postamt stehen und schaut ihn verständnislos an. „Krake, was tust du hier?“ Seine Stimme klingt traurig, aber nicht böse, denkt die Maus, mein Gustav kann gar nicht böse sein.

„Ich kann euch alles erklären“, ruft plötzlich eine helle, unbekannte Stimme, und jetzt erst sieht Gustav, dass Krake nicht allein ist. Kaum zu erkennen, wer da mit einer Zipfelmütze geduckt auf seiner Schulter hockt.

„Du kannst mir auch alles glauben, was ich dir sage, Laternenmann Gustav", fährt die Stimme fort, „denn ich bin das Bonner Brückenmännchen und sage nur die Wahrheit."

Mit diesen Worten springt der Kleine auf seine krummen Beine, zieht artig vor Gustav seine Mütze und holt tief Luft.

„Ich höre, was hast du zu sagen?"antwortet Gustav und nickt ihm freundlich zu.

Mit großem Ernst beginnt der Wicht zu sprechen.

„Der Pirat Krake hatte, wie ihr ja alle wisst, ein pechschwarzes, böses Herz. Er war boshaft, hinterlistig und gefährlich, ein Riesenrüpel war das, darum habt ihr Laternenmänner ihn aus der Stadt gejagt, und das hatte er auch verdient. Als er nun gestern Nacht an meiner Brücke vorüberschlich, war er zerknirscht und tieftraurig. Ich habe ihn angesprochen, und er hat mir bereitwillig seine Schandtaten gebeichtet. Zum Glück hatte ich eine großartige Idee, wie dem armen Teufel zu helfen sei. Wir sind gemeinsam in das tiefe Wasser des Rheins hinabgestiegen. Diese Bangbüx hat nach Luft geschnappt wie ein Karpfen, als das Wasser in seine Ohren lief, aber er war tapfer, er hat seine Furcht bezwungen und ist stehen geblieben, bis die Wellen alles Schwarze und Böse von seinem Herzen abgewaschen hatten. Nun hat auch der Laternenmann Krake ein helles und gutes Herz wie alle Laternenmänner der Stadt Bonn."

Gustav kann vor Freude kein Wort herausbringen, er sieht Krake nur an, breitet weit seine Arme aus, und der Pirat wirft sich schluchzend an seine Brust.

„Sei wieder herzlich willkommen in unserer Stadt", sagt Gustav feierlich, und seine Stimme zittert vor Rührung, „lass uns nun zu den Freunden gehen und ihnen von deiner glücklichen Rettung erzählen." Er nimmt Krake bei der Hand, und gemeinsam begeben sie sich zum Rathaus.

„Komm, Lisa", sagt Beethoven zum Mäuschen, „halte dich gut an meinem Kragen fest, wir zwei wollen uns die Wiedersehensfreude der Laternenmänner nicht entgehen lassen", und schon eilt er hinter den Riesen her. Lisa strahlt vor Stolz. Zum ersten Mal geht Beethoven mit ihr spazieren, dabei summt und brummt er eine wunderschöne Melodie und hüpft und dreht sich gutgelaunt wie im Tanz.

„Heute hat Gustav mich zum ersten Mal vergessen", piepst die Maus, „aber ich bin gar nicht traurig, denn ich habe ja dich, mein Beethoven", und ihr Pfötchen streichelt schüchtern eine Locke.

Ende

Ursula Frank
Lehrerin, 3 Kinder, lebt seit 20 Jahren in Königswinter.

Aus ihrer Begeisterung für das Rheinland entstanden märchenhafte Erzählungen zum Siebengebirge, zu den Festen des Jahreskreises und zu Bonner Sehenswürdigkeiten, sowie regionale Kinderkrimis und Theaterstücke für Kinder.

- Die Mutprobe – ein Bonner Kinderkrimi
- Mondkinder – fantastische Märchen aus dem Siebengebirge
- Die rätselhafte Geige – ein Krimi vom Rhein für Jung und Alt

www.ursulafrank.de

Inge Brandt
lebt und arbeitet in Bad Honnef.

Studium an der Fachhochschule Köln
Werkkunstschule Modegrafik bei Prof. Kohlscheen-Richter
Dekorative Malerei, Illustration und Grafik bei Prof.
Anton Wolff

Illustrationen in unterschiedlichen Techniken für mehrere Druckwerke
Freie Malerei und Ausstellungen im In- und Ausland

www.atelier-brandt.de